KB156213

진채선,
사랑의
향기

도리화가 진채선을 홀리다

②

박태상

도서
출판 월인

장편소설 『사랑의 향기』(1~3권)를 상재한다. 정조 임금부터 고종임금까지 5대에 걸친 100년의 역사를 이타적 사랑·유희적 사랑·소유적 사랑의 세 가지 종류의 사랑의 무늬로 살펴보는 이야기이다. 이 시기는 우리 역사에서 매우 중요한 시간이다. 중세에서 숨 가쁘게 근대로 옮겨가는 역사적 징조와 상징들이 속살처럼 드러난다.

그 중에서도 요즈음의 연예 엔터테인먼트 회사인 SM, YG, JYP의 원조인 신재효와 진채선을 중심으로 한 '연예상단'의 형성과정을 바라보려고 한다. 1,000여 개의 장시의 번창은 보부상과 중인아전계층, 그리고 농민군들이 물고물리는 싸움을 펼치던 시기이며, '돈'이 최고라는 인식이 팽배해지던 초기 상업자본주의가 형성되던 때이자, 신분제가 흔들리고 평등을 지향하는 물결이 출렁거리던 시기이다.

3대에 걸친 안동 김씨 세도가문에 의한 부패와 수탈정치는 대원군의 혁신정치로 한동안 혁파되지만, 거시적 시야를 갖지 못한 지배층의 근시안은 천주교와 서양 개방세력과의 단절을 가져와 종국에는 일본의 제국주의의 야심에 잡아먹히는, 커다란 우를 범하게 된다. 안타까운 역사이다.

대학시절 대학노트에 끄적거리던 단편소설이 30여 년이 지나 장편대하소설로 모습을 드러내었다. 사실 작년 모더니스트 이상의 처이자 추상표현주의의 개척자 김환기의 아내인, 변동림의 예술에 대한 열정을 다룬 장편 『무당거미』가 큰 출판사에서 편집 도중에 유산되는 아픔을 겪었다. 큰 상처를 아우르며 장편을 써내려가야 하는 내적 투쟁이 오히려 독이 아니라 약이 되어 『사랑의 향기』를 탈고하는 계기가 되었다.

장편을 처음 기획할 때, 조부님이신 기산 박헌봉 선생이 꿈에 나타나셨다. 판소리연구의 대가인 고려대학교의 유영대 교수는 「시대를 빛낸 문화 예술가-신재효와 박헌봉」이라는 논문을 학계에 발표했다. 동리가 없었다면 2011년 유네스코 지정 세계문화유산에 등재된 판소리는 사라져버렸을 것이다. 또한 기산이 없었다면, 김덕수 사물놀이와 전통예술인 국악은 약화되었을 것이다.

기산 선생의 고향인 지리산 밑 두메산골 경남 산청에서는 매년 5월, <기산국악제>가 열리고 생가를 복원한 기산국악당에서는 손가락이 작은 꼬마아이들이 꿈나무로서 가야금과 판소리를 배우고 있다. 미래의 꿈나무들에게 신재효와 진채선의 사랑과 예술이야기인 『사랑의 향기』를 바친다.

팩션(faction=fact 역사적 자료 + fiction 허구의 이야기)의 전성시대이다. 사실 10권으로 집필해도 부족한 기나긴 역사이야기이지만, 스마트폰세대는 3권으로 줄여서 편집하게 유도했다. 다행스럽게도 최근에 팩션을 다룬 TV 드라마나 영화를 젊은 세대들이 '역사의 교훈'이라는 관점에서 사랑해주고 있다는 점에 큰 자극을 받았다. 유사한 줄거리를 지닌 「도리화가」가 영화로 제작된다는 뉴스를 접하고는 힘이 솟았다.

OSMU(One Source Multi Use)를 기대해보며 탈고를
한다.

　젊은 스마트폰 세대, 특히 카카오톡 세대에게 『사
랑의 향기』를 바친다. 며칠 푹 쉬면서 산 정상 절벽에
올라가서 '페드라'를 외치고 싶다.

2014년 6월 2일

소산서옥에서

박 대 융

차례

제2부 장시는 열렸는데

저자거리 살인사건

강 저 멀리에서 사위의 물살을 가르며 배가 한 척 들어온다. 모래사장에는 수많은 사람들이 나와서 배를 맞을 준비를 한다. 이미 나루터에는 몇 척의 배가 내려 소란스럽다. 한강 주변의 송파는 아침부터 시끌벅적했다. 배에서 전국으로부터 적재된 물화들이 나루터에 내려져 짐꾼들의 지게에 실려 창고로 옮겨지느라 부산하다. 제일 많은 것은 짐방이다. 소위 싸전 짐꾼이 미곡을 실어 나르느라 움직임이 빈번한 것이다. 예전부터 송파는 전국 물산이 집결하는 교통의 요충지였다. 송파진은 지금의 송파대로가 석촌호수를 가르고 지나서 생긴 동쪽 호숫가에 있던 나루터였다. 구한말 한강 남안의 송파로 가려면 뚝섬나루에서 나룻배를 타거나 건너편 자양에서 잠실 섬까지 건너간 다음 다시 잠실 섬에서 송파진까지 나룻배를 타고 건너갔다. 한양 도성에서는 30리가 떨어져 있고 광나루나 남한산성에서 각각 20리가 떨어져 있는 교통의 중심지였다. 광주 읍치(읍소재지)가 남한산성으로 옮겨지는 병자호란 직후부터 한양과 광주를 연결하는 가장 큰 나루터였다. 한양 도성에서 충청도나 경상도로 빠져나가는 육로는 두 갈래 길이 있었다. 하나는 홍인지문에서 한강진과 말죽거리를 거쳐 판교로 통하는 길과 홍인지문에서 살곶이 다리, 제반교를 지나 삼전도를 거쳐 판교, 용인으로 나가는 길이 있다. 또 다른 길로 송파를 거쳐 광주, 이천으로 빠져나가 충주로 향하는 길도 있었다. 따라서 이천을 통해 강원도로 나가는 인마가 송파를 거쳐 나가야 하므로 하루 종일 부산했다. 송파진의 물화들이 모여 만들어진 사상도고들의 집결지가 바로 송파장이다.

　소위 경강상인들은 지금의 한강인 경강의 연변에

전국의 주요 산물을 조운을 통해 운반해서 집적하였다. 조선 후기에 시전의 금난전권을 무너뜨림으로써 크게 번창했지만, 사실은 15세기 초부터 많은 상인들이 모여들어 하나의 상권을 형성했다. 처음에는 경강상인들의 주요 상행위는 정부의 세곡과 양반 사대부 계층의 소작료의 임운(賃運)이었다. 숙종 28년 무렵에는 200~1,000여 석의 곡물을 실을 수 있는 배가 무려 300척이 움직이기도 했다고 하니 그들의 자본력이 어느 정도였는지 짐작하게 한다. 경강상인들의 정상적인 경제적 이득은 배의 운임인 선임(船賃)에서 나온다. 하지만 그들은 온갖 부정행위를 일삼아서 치부를 하였다. 이를테면 화수(和水), 투식(偸食), 고패(故敗) 등의 횡령이나 부정행위가 있었다. '화수'란 운반하는 미곡에 일정량의 물을 타서 곡물을 불려 그만한 양을 횡령하는 방법을 말한다. '투식'은 운반 곡물의 일부나 전부를 몰래 빼돌려서 횡령하는 방법을 말하며, '고패'란 선박을 고의로 침몰시키는 악랄한 방법을 뜻한다. 이러한 부정부패 때문에 조정에서는 골머리를 썩었다. 그래서 정조대왕 때는 드디어 주교사(舟橋司)를 설치하여 폐단을 근절하는 시책을 폈으나 이들에 의한 횡포를 완전하게 막지 못했다.

경강상인들은 주로 한양의 오강인 송파·한강·서빙고·용산·마포를 중심으로 활동하였다. 그들은 선박을 이용하여 상품의 생산지로 다니면서 물화를 구입하여 그 물화를 일부 다른 곳에서 처분하는 경우도 있었지만, 대부분은 용산·마포·서강·송파 등 한강 연변에서 처분하였다. 그래서 한강 연변에는 미전·염전·어물전·시전이 생겨났다. 그들의 취급상품은 미곡·소금·건어물·목재·시탄(炭)·직물 등 실로 다양했다. 그중에서 용산과 서강은 세곡의 집산지였으므로 미곡의 거래가 활발하였다. 그래서 서강 강변에는 광흥강창·풍저강창이 있어서 전라도·황해도의 세곡을 보관하였고, 용산 강변에는 군자강창이 있어서 수운으로 운반한 경상도·강원도·충청도의 세곡을 보관하였다. 용산은 미곡뿐 아니라 목재의 집산지였다. 또 시목전은 용산과 뚝섬에만 있었다. 마포는 새우젓 장사들이 모여들었는데, 그 외에도 젓갈·소금·생선·건어물의 집산지로 유명했다. 뚝섬의 신탄도고는 예로부터 유명해서 당시 강원도 삼림 지대에서 배로 운반되어 온 시탄(炭)이 이곳에서 주로 거래

되었다. 두모포(옥수동 강가) 역시 경강상인의 터전이었다. 두모포에서는 한강 상류지방에서 생산된 고추·마늘·감자·고구마·목재·시탄이 모여들었다. 송파에는 미곡·한약재·석재·옷감(무명, 삼베)·과일·수공업·잡화가 집결되었고, 또 칠패·이현의 사상도고·송상·만상(청나라와 무역)·유상(평양)·내상(동래, 밀양에서 일본과 무역)·북상(함흥, 북청)이 몰려들어 흥청거렸다.

조선 후기의 진경산수의 대가 겸재 정선은 <송파진>을 그려 주변의 송파장이 얼마나 번창했는지를 확인시켜준다. 강 건너 잠실 섬에는 남한산성 주변을 수양버들과 노송림이 둘러싸 녹색 휘장을 둘러놓은 듯 시원한 느낌을 준다. 조선 후기 전성시대에는 약 270호의 객주가 송파장에서 성업을 이루었다. 시장이 번창할 즈음 장판에는 되쟁이·마쟁이(되나 말로 곡식을 되어 주는 직업)·임방꾼(배에 화물을 싣고 푸는 직업)·잡심부름꾼·운송점·뱃짐꾼·시탄상·우시장의 쇠살쭈가 모여들었다. 한양의 거부 김치산이 오늘 아침 자신의 수하 상인들과 함께 종로가 아니라 송파에 나타났다. 상단의 일을 도맡아 하는 고의봉을 앞세우고 한 무리의 사람들과 나루터를 지켜보고 있다. 그 중에 무삼·귀필·윤노미·보원의 얼굴도 보인다. 김치산이 나타나자 응칠·보음쇠·칠복도 와서 목례를 하고 옆에 섰다. 이들은 송파장에서 한 주먹하는 무뢰배들이다. 그 중에 경주인 신광흡의 얼굴도 보인다.

육의전을 들었다 놨다 하는 김치산이 송파에 얼굴을 드러낸 것은 기이한 일이기도 하지만 세상이 변했다는 것을 말해준다. 애초부터 시전상인들은 칠패·배고개의 사상뿐 아니라 송파진·두모포·뚝섬 상인들과 한양의 상권의 운명을 놓고 각을 세우며 갈등을 빚고 있었다. 그러나 금난전권의 폐지는 종로 상권의 붕괴를 몰고 온 반면, 송파진과 두모포, 뚝섬의 흥성을 가져왔다. 치산은 행동이 민첩한 사람이다. 그는 바로 카멜레온처럼 변신하여 송파진의 상권 장악을 위해 자신들의 졸개들을 파견하였다. 워낙 탐욕스러운 김치산은 돈과 여자라면 사족을 못 쓰는 위인이다.

"나루터에 배가 들어오는 것으로 봐서 우리가 주문한 물건이 도착한 모양인데. 특히 한약재와 소금을 잘 챙겨 봐야 한다."

고의봉이 옆에 섰다가 민첩하게 대답을 한다.

"대행수 어른, 여분이 있겠습니까? 아마 신재민과 금복이가 배에 타고 있어 잘 통제를 할 것입니다요."

원래 재민과 금복은 상단 내에서 미곡·모시·소금·젓갈·약재 거래를 위해 현지로 파견되어 생산지에서 물화의 수집과 상품 질의 확인을 하는 인물로서 김치산의 신임을 받고 있었다.

"저기 배에 타고 온 사람들이 내리고 있습니다. 어, 어, 앞쪽에 재민과 금복이의 얼굴이 보입니다."

고의봉은 이들을 향해 손을 흔든다. 두 사람은 오랜 여행에 지쳤는지 얼굴이 시꺼멓고 까칠하다. 달려와서 김치산에게 인사를 하고는 바로 물건을 챙기러 하역작업 하는 곳으로 간다.

"그래 수고했네. 임무 수행은 잘하고 온 게지? 이번 기회에 전라도 생산지의 물건을 완전하게 독점적으로 확보한 것이 분명한 것이야?"

재민은 금복이와 함께 큰 소리로 대답을 한다.

"네 대행수 어른, 확실하게 매듭을 짓고 왔습죠. 걱정 안 하셔도 됩니다."

김치산은 종로 상권이 붕괴된 이후 초조한 마음을

감출 수 없었다. 시전상인들의 특권이 없어지자 한양의 상권의 중심이 이패와 배고개 또 그들과 연계된 외곽인 송파진과 두모포로 옮겨가면서 수십 년간 자신이 쌓아온 권력과 부가 하루아침에 와르르 무너질 형국이 된 것이다. 그래서 치산은 수하의 사람들을 풀어 삼남 곡창의 상인들 및 거래하는 현지 장시 상인들과 영업망을 구축해야겠다는 생각을 했다. 또 송상·만상과도 손을 잡고 인삼·녹용 등의 약재 무역에도 관여하기 시작했다. 이러한 광대한 상업망의 구축에는 엄청난 비용도 투자되어야 하지만, 더욱 중요한 것은 조정 대신들과의 돈독한 관계를 유지하는 것도 요구되었다. 김동석은 김치산의 든든한 후원자였다. 김동석은 당대 최고의 권세인 김조순 집안사람이었다.

"지금까지 쌓아온 우리 상단의 명예를 지켜야 한다네. 잠시 어려움에 봉착했지만, 자네들이 발로 뛰어야 위기를 극복할 수 있어. 광활한 상권을 형성해야만 변화된 시대에 적응이 가능하거든. 그래서 이번 신재민과 금복이의 전라도·충청도의 현장 상황 파악이 중요한 것이여. 위기를 한 번에 기회로 바꿔야 한다는 거여."

"우리 상단 사람들 모두가 위기로 느끼고 발로 뛰고 있으니께, 그렇게 걱정 안 하셔도 됩죠. 다만 대행수 어른은 조정대신들과 좀 더 밀착하셔야 합니다. 자주 연회도 열어서 마음을 사로잡아야 합니다. 장사수완은 마음을 여는 것이니께."

상단의 모든 일을 총괄하는 고의봉이 중심을 잡아 김치산의 행동방향과 요령에 대해 조언을 한다.

"크게는 우리가 그동안 축적한 대규모 자본을 풀어서 삼남지방과 황해도 곡창의 미곡을 장악해야 하는 거여. 그 다음으로는 소금과 젓갈, 그리고 약재 시장도 하나하나 접수해야 하는 것이고 그렇게 된다면 다시 예전의 영광을 재현할 수 있어."

"잘 알고 있습니다. 그래서 치밀하게 계획을 세워 전라도·경상도·황해도 등지로 우리 상단의 사람들을 풀고 있고 그 외에도 보부상 조직과도 연계를 도모하고 있습죠."

"그뿐만이 아니라 한양에 거주하는 각 지역의 중추적인 상인들인 경주인들 조직도 확 끌어들여야 한다네. 경주인은 한양으로 들어오는 각 지역 특산물의 원활한 납품과 거래를 챙기고 움직이는 상인들의 숙박과 비용을 전적으로 챙겨주는 일을 하고 있지만, 그들의 인적 체계와 현지와의 연계망을 무시할 수가 없단 말이야."

"네에, 대행수 어른, 분부를 받잡고 차질이 없도록 대비를 하겠습니다. 그래서 오늘 전라도 경주인들 모임의 수장 역할을 맡고 있는 신광흡을 대령시켜 놓았습니다. 그와 대화를 나누시기 바랍니다."

"그래 신광흡은 여러 차례 만난 적이 있고, 사람이 매우 좋으니 대화가 잘될 꺼야."

김치산은 자신의 상단이 붕괴위험까지 처하게 된 것에 노심초사하여 백방으로 선을 대어 세상의 변화에 부합하도록 상황을 파악하는 동시에 조직운용의 묘를 살려야 되겠다는 생각을 굳힌다. 아울러 전국적으로 새로운 인적 연계망을 확충하는 데, 모든 역량을 쏟아 붓고 있다.

"우선 하역하는 짐들을 잘 챙겨보고 송파장 인근의 주막을 잡아 식사를 하면서 술도 한잔 할 수 있도록 알아보게나. 식사를 하면서 신광흡과 전라도 물산의 출입에 대해 얘기를 나눠보는 것이 좋겠어."

고의봉은 잠시 김치산 곁을 떠나 분주하게 여러 가

지 일처리를 민첩하게 해나간다. 그를 중심으로 무삼·귀필·윤노미·보원 등 10여 명도 지시를 받아 역할 분담을 하여 움직인다. 김치산은 자신의 수하 사람들이 조직적으로 움직이는 데 대해 흡족한 표정을 짓는다. 이들이 흩어져서 콩가루 신세가 될 뻔한 것을 생각하면 등골에 식은땀이 절로 난다.

"신광흡 자네, 요즈음 어떻게 지내는가?"

김치산은 신광흡과 송파나루를 걸어 나가면서 한양 주변의 세상 돌아가는 것을 화제 삼아 이야기를 나눈다.

"염려 덕분에 잘 지내고 있습니다. 대행수 어른의 상단에 비해 경주인이란 조직은 보잘것없어서 하는 일이란 것이 좁쌀 같습니다."

"아니 무슨 겸손의 말씀을 하는가. 우리야 좁은 한양의 장시를 관장하지만, 자네야 전라도라는 광활한 지역을 배경으로 일을 하고 있으니 대단한 것이 아닌가? 우리나라를 움직이는 곳이 전라도가 아닌가? 조정대신 뿐만이 아니라 백성들이 우선 밥을 먹어야 힘을 쓸 것이 아닌가. 전라도는 미곡 생산과 유통을 사실상 책임지고 있으니 얼마나 소중한 지역인가?"

"네에. 그거야 맞는 말씀입죠. 하지만 너무 평탄한 일이라 '널픈 수'가 없는 것이 한계입니다. 황해도나 평안도처럼 중국 사신들이 출입하고 청나라랑 무역을 하는 길목에 있으면 세상을 보는 눈이 달라지지 않겠습니까."

"자네 말을 들으니 그도 맞는 말일세. 평안도에 비해 전라도는 다른 나라와의 무역 같은 것을 하는 지역은 아니지 않나? 경상도나 평안도에 비해 불리한 측면도 있겠군. 하지만 전라도는 경상도와 경계를 두고 있으니 뭐라고 할까, 상행위가 커질 여력은 있지 않나?"

신광흡은 김치산이 거부가 된 이유를 알 것 같았다. 그는 사업수완이 매우 뛰어나다. 조정대신들과의 인적 관계도 탄탄하고, 시대의 변화에 대해서도 능동적으로 대처하는 능력을 갖추고 있다. 다만 흠이라면, 탐욕스러워 자신이 목표로 삼는 것을 성취하기 위해 수단방법을 가리지 않는다는 점이다. 신광흡은 한양의 종로통에 돌고 있는 김치산의 전설적인 이야기를 많이 들어왔다. 심지어 김치산이 자신의 부를 축적하기 위해 무뢰배들과도 손을 잡는다는 얘기가 돌아다니는 것을 알고 있다. 그래서 사실 신광흡은 수하 고의봉을 통해 김치산이 만나자고 했을 때 한동안 망설였던 것이다. 그러나 호랑이를 잡으려면 호랑이 굴로 들어가야 하는 것이 아니겠는가?

김치산 일행은 송파장 옆의 주막으로 들어가서 국밥과 탁주를 시켜서 먹으면서 송파진의 선박의 운용과 물화의 움직임에 대해 이야기를 나눈다. 부쩍 물동량이 늘어나는 송파장의 규모와 유입 상인들의 활동상을 경이롭게 바라본다. 이제 종로통의 시전의 활기는 점차 사라지고 상권이 한양성의 외곽으로 뻗어나가는 데 주목해야 한다고 이구동성으로 말한다. 조선 후기의 상권의 급격한 변동양상에 대해 김치산이 방관할 리가 없다. 그래서 신광흡을 만나 조언을 듣고자 함이다.

"경주인 자리가 매매가 되는데, 그 값이 천정부지로 솟아오른다는데 사실인가?"

"네에. 약간 과장되어 있기는 하지만, 경주인 자리를 노리는 사람들이 많은 듯 보입니다. 특히 권문세도가에서 관심을 기울이는 것이 경주인 자리의 품귀를 나타내는 요인으로 생각됩니다."

"왜 그렇게 권세 있는 대감댁에서 경주인 자리를 탐내고 있는가? 그 자리에서 이권이 많이 나오는가?"

"애초에는 각 지역에 있는 사람들에게 경주인을 맡겼으나 많은 문제점이 발생하여 요즈음은 한양에 거주하는 사람들에게 그 자리를 주고 있지라우."

"그래, 그렇게 임명되는 사람이 달라졌다는 데에는 무슨 이유가 있지 않겠나?"

"무엇인가 이권과 관련되어 제도가 바뀐 것으로 생각됩니다. 그래서 명문 대감댁에서 자신의 기반 지역인 경주인으로 자기 수하의 사람을 밀어 넣으려고 몹시 애를 쓰고 있는 것은 사실입죠."

"내가 자네를 만나자고 한 이유도 경주인들이 지역 유력 인사들과 폭넓게 교류하고 있다는 점이야. 전라도의 미곡이나 직물 그리고 소금의 유통경로를 파악하고 그러한 지역경제에 일조를 하고 싶어서 그러네. 그러니 자네가 좀 큰 도움을 주었으면 하네."

김치산은 경주인이 사채놀이나 고리대금업에 가깝다는 정보를 듣고 그러한 새로운 이권에 개입하려고 신광흡과 손을 잡으려고 하는 것이다. 신광흡은 전라도 지역의 경주인들 사이에서는 덕망이 높았다. 경주인의 임무는 상경하는 자기소관의 지방인에게 침식을 제공하였으며, 번상(番上)으로 상경하는 이예(吏隸)나 군인들이 각 관청에 배치되어 국역에 종사할 때에도 그들의 신변을 보호할 책임이 있었다. 입역자가 도중에 도망한다든가 혹은 지방에서 상경하지 않았을 경우는 중앙의 각 관청에서 경주인에게 보상을 하게 하였으므로 그 부담이 매우 컸다. 그리고 중앙과 지방의 문서 전달도 담당하는 한편 지방에서의 각종 상납물이 기일 안에 도착하지 않으면 경주인은 이를 대납해야만 하였으며, 상납을 독촉 받고 즉시 납부하지 않으면 경주인을 잡아 가두기도 하였다. 그러나 이런 일은 극히 드물었고 대부분의 경우는 경주인이 먼저 공물을 대납한 뒤에 몇 배의 이자를 붙여 지방관청에 요구함으로써 많은 이득을 보았기 때문에 나라에서는 여러 가지 폐단이 일어났다. 이와 같은 폐단을 없애기 위하여 대동법의 실시 이후는 종전에 지방민을 경주인으로 삼던 제도를 폐지하고 서울에 거주하는 사람을 경주인으로 고용하고 역가(役價)라는 보수를 지급하여 지방관청과의 연락사무를 담당하게 하였다. 그러나 그 전의 폐단이 그대로 계속되었을 뿐만 아니라,

서울의 관리와 양반 귀족들은 경주인의 자리를 사들여서 자기들 하인에게 그 일을 맡기고 이익을 볼 수 있었으므로 점점 더 높은 값으로 매매되어 그 값이 5천 냥에 달한 경우도 있었다. 이렇게 되자 경저의 기능은 완전히 마비되어 조선 철종 때에는 경저 없는 군현이 많이 나타나게 되었다. 그리고 지방관을 비롯하여 이속(吏屬)들이 경주인에게서 빌려 쓴 돈이나 혹은 경저에 숙박한 비용은 빠른 시일 안으로 갚아야 했는데 그것을 갚지 못하게 되면 경저의 부채, 즉 저채(邸債)를 지게 되었다. 이때 이자를 붙여 청구하였으므로 자연히 그 액수도 증가하여 조선시대 후기는 각 지방관청마다 4, 5천 냥의 저채를 지고 있었다. 결국 지방관이나 관청에서 정상적인 방법으로는 도무지 그 빚을 갚을 수 없기 때문에 농민을 수탈하게 되었고, 그것은 큰 사회문제를 일으키게 되었다.

지역 상인이나 보부상과의 연계망을 치밀하게 조직화한 김치산 상단이 큰 돈을 벌 수 있는 것은 미곡·직물·소금·건어물류라는 것을 깨달았다. 그래서 자신의 수하 중에서 행동이 민첩하고 계산이 빠른 무삼과 귀필·윤노미를 선택하여 사업을 위한 계획을 치밀하게 짜고 실행에 옮긴 것이다. 그것은 두 가지 기획인데, 하나는 원산의 북어와 대구를 생산지에 직접 자금을 대고 생산지에서 바로 들여와서 나루터의 얼음창고에 잠시 보관했다가 서울 시전에서 값이 비싸질 때에 대량으로 풀어서 폭리를 취하는 방법이다. 원산으로 직접 안 가더라도 강경포구를 활용해서 서강으로 뱃길을 이용해 들여오면 얼음창고를 통해 저장이 가능해지고 때를 기다려 출하하면 큰 돈을 벌 수 있었다. 다른 하나는 호남 곡창에서 생산된 쌀을 대량으로 현지 구입하여 경강상인들과 객주 · 여각주인들과 짜고 가격이 안정되고 물량이 풍부한 2월에 내다 팔지 않고 시기를 조절하여 서울의 미곡전에 쌀이 동이 나고 가격이 폭등할 때 내다 팔아서 폭리를 취하는 방안이다. 불법적이고 매우 위험한 방법이었으므로 김치산은 심복들에게만 귀띔을 하고 은밀하게 추진을 했다. 김치산은 고의봉에게 큰 자금을 풀어주면서 무삼과 귀필을 나주의 부농이자 거부인 재복에게 파견한다.

"이번에 자네들의 임무는 매우 중요하네. 우리 상단의 장래가 달려있는 사안이니 차질없이 시행하도록 신중에 신중을 기해주게나."

"여분이 있겠습니까? 대행수 어른의 분부대로 치밀하게 일처리를 마무리 짓고 올라오겠습니다."

"아무래도 큰돈을 소비하면서 먼 길을 떠나게 되어 위험하니 무예가 출중한 비수와 신길이도 대동하고 길을 떠나게나. 말과 나귀도 몇 마리 더 꾸려서 앞뒤에 잘 호위를 하는 것도 필요할 거야."

"네, 여러 가지 배려에 감사드립니다. 이번 일의 비중을 잘 깨달았으니 수행단의 모두에게 단단히 대행수 어른의 뜻을 전달하겠습니다."

고의봉은 먼 길을 떠나는 일행들을 위로하기 위해 피로연을 베풀고 개개인들에게 위로금을 두둑하게 건네준다. 나귀에 나주 갑부 재복에게 보낼 선물 꾸러미도 잔뜩 싣느라 부산을 떤다. 이틀 후 무삼을 책임자로 하는 김치산 상단의 핵심 상인들이 장기간의 일정으로 길을 떠난다. 대행수 김치산은 무삼에게 '행수'라는 호칭을 붙여주었다.

한양에서 강경을 거쳐 나주로 가는 길은 육로와 해상의 두 가지 길이 있다. 육로는 홍인지문을 통과해서 말죽거리를 지나 판교·용인으로 들어가서 남쪽으로 내려가는 길이 있다. 다른 하나는 살곶이 다리를 건너 삼전도(송파)를 지나 판교·용인으로 접어드는 길이다. 제삼의 길은 삼전도에서 광주·이천을 거쳐 충주·공주로 나가는 방법이 있다. 해상의 경우는 서강에서 배를 타고 금강하구로 가서 강경포구에서 며칠 쉰 후 다시 배를 이용하여 서해에서 영산강을 따라 나주나루터로 들어가는 길이 있다. 무삼은 일종의 선상 행수 역할을 맡았다. 그는 시일이 급했으므로 서강에서 배를 타고 해상로를 통해 강경포구로 들어가기로 행선로를 결정했다. 서강나루는 매우 번잡했다. 강원도와 경상도·충청도의 세곡은 용산에서 하역하여 만리창·별영창과 같은 창고에 저장된다. 그에 비해 황해도·전라도·충청도의 세곡은 주로 서강에서 하역하여 광흥창에 저장되었다. 그 외에도 용산과 서강에는 생선·젓갈·소금·시목·수공품·목재도 유입되었으므로, 경강상인들의 본거지였다.

"서강이 생각보다 붐비는군. 하기야 전국 각지에서 올라오는 곡물과 해산물이 모두 이곳을 통해 들어오니 어쩔 수 없을 거야."

무삼이 하는 말을 들은 귀필, 윤노미와 하인들이

수긍하는 표정을 짓는다.

"사전에 뱃놈들과 만나 상선을 예약하고 단단히 준비를 시켜 놓았는가?"

"네에. 며칠 전에 서강에 와서 배도 알아보고 배 운임도 지불을 했습니다. 사공과 뱃놈들도 여럿 고용하여 우리 상단이 가져갈 물건과 말과 당나귀를 싣고 출범할 수 있도록 당부를 해놓았지요."

귀필과 윤노미가 선주를 만나고 사공과 뱃놈들을 소개받아 김치산 상단의 물건과 나귀를 옮겨 싣느라고 분주하게 뛰어다닌다.

"날씨는 좋겠는가? 폭풍우가 없어야 할 텐디, 걱정이여."

"걱정 마세요. 날씨를 고려하여 일정을 잡았응께 시름을 내려 놓으셔도 될 것이요."

"그래도 우리가 해신을 위로하고 행로에 안녕을 빌기 위해 술과 음식을 준비해 왔으니 별신굿을 올리는 것이 예법과 절차라고 생각되는구만요."

사공과 뱃놈들도 해신이 노하지 않도록 간단한 굿을 하자는 데에 동의를 한다. 돼지머리·육포·과일과 술잔을 올려놓고 제를 정성껏 올린다. 어촌에서는 흰떡을 쳐서 굵게 비벼 용떡을 만들어 용신에게 바치고 바다를 평온하게 해달라고 기원하기도 한다.

"용왕님이시여, 비나이다. 비나이다. 용왕님전 비나이다."

무당이 굿을 시작하자 무삼 상단 행수를 비롯하여 상단 사람들 모두가 앞으로 나와서 기도를 한다.

"제발 차려놓은 음식과 술을 음복하시고 우리들 뱃길을 잘 돌봐주시옵소서. 비나이다."

"우리가 액을 담은 띠배를 바다에 띄울 터이니 용왕님께서는 바다에서 죽은 가엾은 영혼을 달래주시옵소서. 비나이다. 비나이다."

"띠배야 멀리 멀리 파도에 떠내려가서, 제발 액땜을 하게 해주려무나."

"용왕님 전에 비나이다. 비나이다."

이구동성으로 손을 합장하고 출항하는 배의 어로에서 안녕하기를 기원한다. 무삼 상단 행수는 술잔에 술을 따르며 절을 한다.

무당이 장구를 치면서 어로의 안전을 위한 제의를 진행한다. 이러한 의식의 제례는 일반적으로 어촌의 대동굿을 모방해서 진행된다. 어촌의 대동굿은 마을의 풍어와 어로의 안전을 기원하는 제의이다. 20여 거리로 구성되지만, 뱃서낭을 맞아들이며 무당과 마을 사람들이 재담하고 춤추는 '당산맞이', 무당이 제석신에게 복을 비는 '제석굿', 제물로 쓸 돼지를 잡으며 사냥하는 모습을 연출하는 '사냥굿', 신들이 고기잡이를 연출하는 '영산할아범' 등에 연희적인 특성이 강하다. 굿은 섣달 스무 날경 산마루 절벽 위에 서있는 원당에 금줄을 쳐서 사람들의 출입을 막아 부정을 타지 않게 하는 '원당제'로부터 시작된다. 초사흗날 아침 농악대가 풍물을 울리면 마을 사람들은 춤을 추며 원당으로 향한다. 원당에 도착하면 동쪽에 청색기, 서쪽에 백색기, 남쪽에 적색기, 북쪽에 흑색기, 중앙에 황색기를 꽂고 제사를 지낸다. 이때 촌장이 나와 축원을 올리며 사람들은 차례로 절을 하며 저마다의 소원을 빈다.

이러한 어촌 대동굿의 대표적인 기원제로는 전북 부안군 위도면 대리에서 매년 음력 정월 초사흗날, 마을의 바닷가에 높게 절벽을 이룬 당젯봉 정상에서, 용왕제로 이어지는 마을의 공동제의인 '위도 띠뱃놀이'가 있다. 유래는 고기잡이로 생업을 삼은 먼 조상 때부터 있던 풍어기원제에서 출발한다. 위도(蝟島)는 부안의 진서면 곰소에서 15리쯤 떨어진 서해의 가장 큰 어장인 칠산 바다에 있다. 이 섬에는 지금도 토속신앙인 당산제가 여러 마을에 남아 있는데, 그 중에서도 대리의 띠뱃놀이 원당제(願堂祭)가 특히 유명하다. 그리고 띠뱃놀이의 중심을 이루고 있는 것은 '용왕제'라 할 수 있다.

옛날에 대리에 한 어부가 살았는데 하루는 칠산 바다 주변어장으로 고기잡이를 나갔다가 폭풍으로 배가 뒤집혀 수중의 고혼이 되었다. 그런데 그 외아들이 있어 아버지를 대신하여 어부가 되어 고기잡이를 나갔는데 재앙이 겹치느라고 그 아들도 역시 큰 폭풍우를 만나 돌아오지 못한다. 애가 타는 어머니와 딸은 마을 앞 바닷가에서 날마다 아들을 애타게 기다리지만 바람은 그치지 않고 아무런 소식도 들을 수 없어 어머니는 지치고 애가 타서 쓰러지고 말았다. 어찌 할 바를 모르는 딸은 목욕재계하고 바닷가에 다시 나가 정성을 다하여 용왕님께 빌었다.

"용왕님! 우리 아버지와 오라비가 죽었으면 시신이라도 보게 하여 주시옵소서. 그리고 우리 어머니의 병도 낮게 하여 주시기 바랍니다."

이렇게 밤낮 사흘을 빌었더니 하룻밤에는 백발의 노인이 나타나서 "네 정성이 지극하니 네 소원대로 하여 줄 것이다. 너희 마을 사람들이 용왕인 나에 대하여 정성이 부족하여 큰 재앙을 당하는 것이니 앞으로는 매년 정월 초사흗날 용왕제를 성대하게 지내도록 하여라. 네 아버지와 오라비의 시신은 내일 아침 볼 수 있을 것이다." 하고 사라지는 것이었다. 이리하여 어머니는 깨어나고 비바람이 갠 대리 마을 앞 바닷가에는 아버지와 오라비 그리고 함께 고기잡이 나갔다 죽은 마을 어부들의 시신이 모두 떠올랐다.

이리하여 이때부터 대리 마을에서는 해마다 정초에 당제와 용왕제를 정성을 다하여 지내고 많은 제물과 마을 사람들의 소원을 적은 글발, 그리고 오색 깃발을 꽂아 용왕께 바치니 마을에는 큰 재앙이 없어지고 칠산 바다의 고기잡이는 잘 이루어졌다는 것이다. 한양 서강에서 전라도로 출항하는 무삼 행수를 비롯한 김치산 상단은 순조로운 뱃길과 행운을 비는 의미에서 위도 띠뱃놀이굿을 모방하여 별신굿을 하고 술잔의 술을 바다에 흩뿌리며 소원을 빈다. 또 육포와 문어를 바다에 뜯어 던지며 고시레를 한다. 일행은 의식을 마치는 행위로 소지를 하고는 술을 나눠 먹으면서 행운을 다함께 빈다.

하지만 용왕은 상인들의 소원을 들어주지 않았다. 정성이 부족했든지, 바치는 음식이 부족했든지 간에 서강을 벗어나서 인천 옆을 거쳐서 서해 뱃길로 정상적으로 접어들었지만, 충청도의 안면도를 못 미쳐서 갑자기 먹구름이 밀려오면서 세상을 집어 삼키듯 물살이 거세졌고 배는 소용돌이 속으로 빠져들었다. 세찬 비바람과 함께 배는 심하게 요동쳤다. 사공과 뱃놈들이 몰려나와 뱃전에서 용왕께 정화수를 올려놓고 기도를 한다. 산처녀가 있다면 바치기라도 할 터인데, 배에는 단 한 명의 처녀도 승선하지 않았다. 폭풍우가 심해져서 모두가 멱라수(汨羅水)의 굴삼여(屈三閭)의 어복충혼(魚腹忠魂)이 될 판이었다. 광풍이 대작하여 바다가 뒤집어진 듯 어룡이 싸우는 듯 대천 바다 한가운데 큰 배에 실은 값비싼 물건도 소용없고 노도 잃고 닻도 끊어지고 용총도 부러져 배는 폭풍우에 내맡겨졌다. 도사공도 놀라고 대겁하여 혼불부신(魂不附身, 몹시 놀라 어쩔 줄 모르는 모습)하며 고사를 지낼 채비를 한다. 찹쌀로 밥을 짓고 삼색실과 오색 탕수 어동육서(魚東肉西), 좌포우혜(左脯右醯), 홍동백서(紅東白西, 제사 지낼 때 붉은 과일은 동쪽에, 흰 과일은 서쪽에 차리는 격식) 방위 차려 펼쳐놓고 술잔에 맑은 술을 올리고는 다함께 큰절을 두 번씩 올린다. 도사공이 먼저 울부짖으며 용왕께 기원을 한다.

"우리 배에 탄 20여 명은 모두 상고로 조수 타고 표백서호 다니더니 용왕님께 산 처녀는 없어 못 바치오나 정성껏 차린 음식으로 기도하오니 사해 바다의 용왕님은 고이고이 받자옵소서."

다른 사공이 나와서 용왕께 울먹이며 기도를 한다.

"동해신 아명·서해신 거승이며, 남해신 충융·북해신 옹강이며, 칠금산 용왕님·자금산 용왕님·개개섬 용왕님·영각대감 성황님·허리간의 화장 성황·이물고물 성황님네, 다 굽어 보옵소서. 수로 천리 먼먼길의 바람구멍 열어내고 닻도 무쇠가 되고, 용총마류 닻줄 모두 다 무쇠로 점지하옵고 영낙지환이 없고 실물실화 제살하와 억십만금 퇴를 내어 대 끝에 봉기 질러 우심으로 연화하고 춤으로 대길하게 점지하여 주옵소서."

용왕과 성황님께 축원하고는 북을 두드리며 "비나
이다."를 반복한다. 무삼 행수 일행은 배멀미와 구토
증세가 심해 살아있으나 죽은 상태와 마찬가지였다.

"비나이다. 비나이다. 하나님 전 비나이다. 제발 풍
파가 멈춰서 상고들 목숨을 거두어주시기 바랍니다.
가족들 입에 풀칠하러 먼 길을 떠났으니 노여움을 제
발 푸시고 불쌍한 이내 목숨 돌봐주시옵소서."

무삼이 귀필의 손을 잡고 겨우 정신을 차려 뱃전에
올라 주변을 살펴보니 안개 속에 비바람이 몰아쳐서
앞뒤 분간을 할 수 없는 상황이다. 앞으로 나서서 울
부짖으면서 용왕님께 호소를 한다.

"북당에 학발(鶴髮) 양친, 규중에 홍안처자(紅顔妻子)
천리도중 나를 보내고 이제 올까, 저제 올까 부귀환향
(富貴還鄕)할 줄 알고 날구일 기다릴 제 한숨인들 적
었으며 눈물인들 없을 손가. 슬프다! 내 팔자여. 부모
처자 영별하고 수중고혼 죽게 되니 애달플 손. 이 내
사정 뉘를 보고 하소하리오!"

다른 상고들이 나서서 용왕님께 고신한다.

"나는 형세 가난하여 밥거리나 얻자하고 처자 권면
(勸勉) 듣지 않고 천리원정 떠났더니 밥거리는 고사하

고 어복장신(魚腹葬身) 되겠으니 이 아니 원통한가?"

도사공과 상고들의 고신의 효험을 보았는지 주변이 맑게 개이고 물결은 잔잔하여 광풍은 삭아지며 안개 자욱하여 가는 구름 머물렀고 청천의 푸른 안개 사이로 일기 명랑하다. 도사공은 부러진 노를 교체하고 돛대도 새로 올려 바람 풍향속도에 맞춰 정비를 새롭게 한다. 모두들 죽었다가 살아 돌아온 것처럼 힘이 불끈 솟아 열심히 노를 젓는다. 풍랑을 이겨내고 푸른 바다를 내달려 사흘 걸려 금강 하구로 접어들었다. 이제 10리만 가면 강경포구에 도달하게 된다.

강경은 충청의 젖줄이라고 할 수 있는 금강 하구에 위치하고 있다. 금강은 충청도와 전라도 북부 지역의 물산이 모이는 곳이다. 금강 하류에 집결된 세곡은 세곡선에 실려 한양의 용산과 서강으로 운반되었다. 세곡이 집결되면 큰 배도 있어야 하지만, 더욱 더 필요한 것은 창고였다. 창고로 들어가고 나가는 것을 관리하는 거간꾼과 객주, 여각 등이 강경포구를 중심으로 흥청거렸다. 특히 강경포구에는 조기철에 잡힌 조기들이 만선을 이루며 밀려들었고, 원산에서 집결된 북어와 대구도 제철에 몰려들었다. 봄과 여름에는 5월

의 황새기젓과 7월의 새우젓으로 인한 비릿한 냄새가
포구 전체를 뒤덮었다.

'은진은 강경 덕에 산다'는 말이 있다. 조선 후기에
는 충청도는 물론 전라도와 경기도 일부까지 강경포
구를 중심으로 상권이 형성되었다. 조선 말기까지 금
강 연안 일대의 가장 큰 포구였고 원산·마산과 함께
대표적인 어물 집산지였다. 강경은 조선 전기까지 은
진현의 강경대(江景臺)라는 작은 야산에 불과했으나,
포구로 개발됨에 따라 전국적인 대규모 상업도시로
발전하였다. 공주와 전주·청주 등에 대규모 장시가
형성되었지만, 모두 강경포구의 장시를 따라가지 못
하였다. 조선시대에 호남과 충청을 잇던 수운 교통로
였던 강경은 수로를 통해 교역되는 상품을 지역 유통
권 내에 분배하는 기능을 맡음으로써 전국적인 대시
장의 하나로 성장하게 되었다. 강경포구의 물품들은
강경포구를 거쳐 다시 공주·전주 등 인근 각지의 대
장시로 분산되었는데, 강경포구를 중심으로 한 상품
유통권은 북으로 노성을 거쳐 공주에 이르고, 남으로
여산·삼례를 거쳐 전주에 이르렀다. 조선시대에 충
청남도 논산 지역은 한양과 전라도를 잇는 주요 교통

로의 하나였다. 충청도 공주와 전라도 여산 사이의 논산 구간을 정리하면, 노성면-부적면 부인리-부적면 마구평리-부적면 아호리-은진면 교촌리-채운면 야화리-채운면 장화리-채운면 삼거리-강경포로 나타낼 수 있다. 이들 지역의 일부 마을에는 주요 교통로를 지키는 동시에 길손의 안녕을 도모하는 서낭이나 노표(路標) 장승 등이 있었고, 또한 이들에 대한 제사가 전승되어 왔다.

강경포구의 융성은 강경장을 대시장으로 만들게 된다. 대구, 평양과 함께 조선의 3대 시장으로 불릴 만큼 세력이 컸던 강경은 금강 하구에 발달한 하항(河港) 도시로 내륙 교통이 불편하던 때 물자가 유통되던 요충지였다. 『택리지』의 이중환은 "충청도와 전라도의 육지와 바다 사이에 위치하여 금강 남쪽 가운데에 하나의 큰 도회지가 되었다."라고 강경을 평하면서 "바닷가 사람과 산골 사람이 모두 여기서 물건을 내어 교역한다."고 말했다.

무삼은 짐과 나귀를 잠시 내려서 마방에 맡기고 지친 몸을 보전하기 위해 큰 여각을 잡아서 일행들과 술국을 들면서 마음에 엉킨 피로를 씻는다. 무삼은 귀필을 불러 사람을 풀어 강경포구에서 합류하기로 한 귀복과 몽돌 일행이 무사히 육로로 들어왔는지 수소 문한다. 귀필은 하인 몇 명을 대동하고 여러 보부상들 의 본방과 여각을 돌면서 귀복과 몽돌의 인상착의를 말하고는 그들의 행적을 찾는다. 주막의 주모들도 만 나서 그들이 들른 적이 있는지 확인을 해나간다. 하지 만 강경포구에 입항하는 배가 50~60척이 넘고, 강경 장을 출입하는 상고들이 1,000여 명에 이르니 쉽게 찾아지지가 않았다. 강경에 머무는 사흘 안에는 찾게 되겠지 하면서 느긋한 마음을 먹는다.

"혹 눈이 크고 키가 훤칠한 보부상인데 못 봤다요? 옆에는 항상 구렛나루가 있고 힘 꽤나 쓰는 상고가 동행하는디…… 나귀를 끌고 짐도 한 짐 싣고 마방과 여각을 드나들었을 것인디 못 봤다요?"

여각 주인들을 만나서 귀복 일행의 소식을 탐문한 다. 포구와 약간 떨어져 있는 강경장의 보부상 사무실 본방을 찾아가 대행수를 만나기도 한다. 하지만 아직 두 사람은 도달을 안 했는지 다녀간 흔적이 없다. 강 경포구와 강경장에서 꽤 규모가 큰 주막에도 들러 주 모들에게 귀동냥을 한다.

"키가 좀 큰 인물인디 전라도를 돌고 강경장으로 들어왔을 터인디, 못 봤다요? 그 옆에 함께 다니는 인물은 술도 좀 하고 여자도 좋아하니 분명 주모에게 추근덕거렸을 것이요 혹 기억 안 나요?"

"워낙 많은 사람들이 스쳐 지나가니 기억이 아리송하지만, 못봤소"

귀필은 윤노미와 함께 사방을 돌아다녔으나 귀복 일행의 흔적을 찾을 수가 없었다. 예정보다 육로로 오는 길이 험해서 지체되는 것으로 판단했다. 귀필은 무삼에게 사정을 보고하고 이틀 머무는 동안에 합류하게 될 것이라고 말한다. 일행은 몸도 지치고 배도 출출하여 큰 주막을 찾아 주탕이라고도 하고 술국이란 애칭으로 불리는 것을 주문한다. 다함께 술국에 밥을 말아 저녁식사를 한다. 시장이 반찬이라고 다들 '게눈 감추듯' 먹어댄다. 탁주 몇 동이가 금세 사라진다. 주모와 일손을 돕는 예쁜 색시가 남정네들의 시선을 끈다.

"주모, 옆에 있는 처자는 어찌 되는 사이다요?"

윤노미가 주모의 푸짐한 엉덩이를 툭툭 건들면서 농처럼 말을 던진다. 처음에는 주모가 못 들은 척 딴

청을 하고 술독에서 술을 담아 한 말을 내온다. 김칫독에서 동치미 국물도 내오고, 총각김치도 큰 접시에 담아온다. 빈대떡과 파전도 만드느라 부엌이 갑자기 부산하다.

"술이나 마시지, 왜 남의 집 애기에 대해 관심을 가진당가?"

"아니 섭하게도 그리 박정하게 대하신다요? 남녀관계는 알 수 없는 법이란 걸 모른다요? 한양에서 내려온 선량들을 빼고 강경미인을 누가 챙겨줄 것이라고 생각한다요?"

"배도 출출할 터이니 살코기와 곱창이 듬뿍 든 술국에다 탁주 한 사발이나 하면서 강경포구 애기나 나누세요. 남의 집 여편네를 힐금힐금 쳐다보지 말구서."

"아니 새끼주모의 외모가 보통이 아닌 관계로, 먼 길 떠나서 마음이 고달픈 사내들의 마음을 뒤흔드는 것 아니겠소?"

"쓸데없는 얘기 그만하고 주모인 나랑 얽히고설키는 이야기나 합세다."

"주모, 안주 듬뿍 시킬 터이니 색시 이야기 좀 쏟아

놓으시오.”

“술 떨어지면 당연히 안주 시키고, 안주 떨어지면 다시 술 시킬 것인데 무슨 걱정이 있겠소.”

“주모, 공짜 안주 하나 갖다 주면 안 잡아먹을 것잉께, 그렇게 하시오.”

술이 좀 되니 농담도 짙어지고 시골주막의 밤은 그렇게 깊어간다. 닳을 대로 닳은 주모의 대답은 더욱 가관이다.

“아니, 안주도 주지 않고 잡아 먹이는 게 더 낫지만, 시골주막에서 세월 보내는 나 같은 여자도 잡아먹으려고 하는 남정네가 있겠시유? 그것이 고마워 오늘 술값은 대폭 할인이유. 마음껏 드시라유.”

주모는 무슨 비밀이 있는지 결국 색시 이야기를 하지 않는다. 윤노미와 귀필은 술김에 내기를 건다. 직접 색시를 찾아가서 비밀을 풀기로 작정한다.

어제 바다에서의 폭풍우로 조난위험을 당한 것은 모두 잊어버리고 거하게 술을 마시고 여각으로 돌아오니 무삼 일행은 기분도 좋고 피로도 엄습하여 모두들 옷을 벗어 던지기가 무섭게 코를 골며 잠이 든다. 귀필과 윤노미도 취중에 한 약속은 잊어버린 채 녹아

떨어졌다. 새벽에 홰가 여러 번 치자 그때서야 부스럭 거리며 일어난다. 아침도 같은 주모 집으로 가서 국밥으로 때우고 막걸리를 한 잔들 걸친다. 그때서야 새끼 주모 생각이 떠올랐다. 아침에 봐도 곱상하고 예쁜 얼굴이다. 은은한 장미의 향이 난다. 다만 객들을 맞이하며 미소 짓는 모습 뒤로 그늘이 가려진 것을 눈치챈 사람은 무삼 행수였다.

"이름이 무에요? 서로 통성명이나 해야 하지 않소? 난 무삼이라고 합니다. 한양 시전에서 가장 거상인 김치산 대행수 밑에서 일을 보고 있는 보부상 무삼이라고 합니다. 큰일이 있어서 장거리 여정을 수행하고 있수다."

그녀는 답이 없이 술과 안주를 놓고 그냥 지나치려고 한다. 무엇인가 깊은 사연이 있는지 사람들 앞에서는 말을 조심하고 삼간다. 무삼이가 응답이 없자 심통스럽게 다시 말을 건넨다.

"전 무삼이외다. 이름이라도 말해줘야 직성이 풀리지 않소. 이렇게 손님을 박대해도 되겠소?"

마침 부엌에서 찬거리를 장만하던 주모가 밖으로 나오며 왜 그렇게 색시를 짓궂게 괴롭히느냐고 힐난을 한다.

"작작 좀 하시유. 상대편의 마음도 좀 헤아려줘야
지, 이 양반들이 너무 심하네유."

"아니 주모도…… 총폐(寵嬖, 사랑하는 여자로 삼으
려고 함)로 삼으려고 그랗께 통성명이나 하게 도와주
시요."

무삼도 양보를 하지 않고 계속 집요하게 말을 건넨
다. 그만큼 일행들의 궁금증이 더해지기 때문이다.

"길을 스쳐 지나가는 객이 어떻게 한 여자를 책임
지려고 총폐를 운운하는 거유? 누굴 놀리는 거유? 함
부로 그렇게 말을 하는 것이 아니라요. 여인네의 마음
깊은 곳의 아픈 상처를 알기나 하시유?"

무삼은 주모가 여인을 감싸는 것을 보면 그 사연이
궁금하고 안타까웠다. 무슨 말을 할 수 없는 사연이
있는 것이 분명하다. 뜨거운 국물 속의 질긴 고기를
어금니로 잘근잘근 씹으며 무삼은 무슨 사연일까 별
별 생각을 다해본다.

"주모, 내가 돈을 크게 벌어서 이곳 강경으로 내려
와 모든 걸 다 던져놓고 새끼주모에게 덤벼들면 어찌
하겠소? 그렇게 사람을 못 믿는 거요?"

"그렇게 진정성을 보여주면, 색시의 마음도 열릴 것이고 주모도 적극 돕겠지유. 하지만 장난처럼 접근하는 것은 도의가 아니지유. 비록 이곳이 누추한 주막에 불과하지만요."

무삼 행수 일행은 귀복과 몽돌을 기다리면서 하루 밤을 더 강경포구에서 보낸다. 칠흑 같은 밤에 저녁식사도 하고 술 생각이 나서 일행들 10여 명은 다시 주모의 집을 찾는다. 이제 주모보다 먼저 달려 나와서 인사를 건네는 새끼주모의 행동이 사랑스럽다고 귀필은 느낀다. 밤에 보아도 여전히 새끼주모는 예쁘기만 하다. 윤노미도 연실 그녀의 옆모습을 훔쳐보느라고 정신이 없다. 그때 마침 한 무더기의 사람들이 주모 집으로 들어온다. 술집은 갑자기 소란스럽다. 소피를 보려고 밖으로 나가던 비수와 신길은 무삼 행수에게 소리를 친다. 귀복과 몽돌이 나귀를 큰 나무에 묶고 있었던 것이다.

"귀복 행수 어른, 그동안 별고 없이 잘 지내셨어요?"

"그래, 비수와 신길이구나. 무사히 당도했구나."

네 사람은 반갑게 인사를 나누고 주막 안으로 들어

갔다.

"무삼 행수 어른, 잘 지냈습니까? 무사히 강경포구로 들어오셨네요? 여정에 큰 어려움은 없었는지요?"

"귀복이구나. 몽돌도 무사히 당도했구먼. 그동안 고생이 많았지? 서로 인사들 나누게나."

귀필과 윤노미도 주막의 문 앞으로 달려 나가 두 사람을 포용한다. 비수와 신길도 반가운 기색으로 두 손을 맞잡으며 악수를 한다.

"이리들 앉게나. 우리들도 막 왔네. 함께 뜨거운 국물로 저녁을 함께 하면서 고생한 얘기나 들어봄세나."

모두들 반가운 표정으로 인사를 나누고 보쌈요리를 시켜 푸짐하게 한 상을 차려 술판을 벌인다.

"전라도 지방을 돌아본 일들은 성과가 있었나? 김치산 대행수 어른이 잘 챙겨보라고 떠날 때 당부하셨네."

"여분이 있겠습니까? 무안장과 남원읍내장 등을 돌면서 전라도 면포시장을 완전히 장악했지라. 저희 상단을 홍보하고 앞으로 신용거래를 하면서 전라도 직포시장을 독점하기로 의견을 모아뿌렸어라우."

"그렇당가. 성공적인 활약이야. 김치산 어른이 크게

기뻐하실 것일세. 오늘은 그동안의 일들을 잊어버리고 대취해봄세. 색주가에 가서 한잔 더 해도 무방하겠네. 오늘은 돈을 좀 써도 김치산 대행수 어른이 이해해 주실 거야. 안 그렇겠나?"

"무삼 어른만 믿고 대취해 보겠습니다. 귀필, 윤노미 자네들과도 오랜만일세. 오늘은 서로 취커니 마셔 봄세나."

하지만 몽돌은 다른 생각은 귀에 들어오지 않는다. 문 쪽에서 손님을 받고 있는 새끼주모를 보고는 첫눈에 반해서 계속 응시하고 있다. 이틀 동안 귀필과 윤노미가 경쟁을 펼친 것은 전혀 모르고 혼자서 침을 흘리고 있는 것이다. 귀필이 이를 눈치챘는지, 어디 다른 곳만 쳐다보고 일행의 술잔은 마다하느냐고 핀잔을 준다.

"몽돌, 자네는 어디를 쳐다보고 있는 것인가? 모두들 우의를 다지면서 이번 일정에서 큰 성과를 올려 보려고 애를 쓰고 있는데 말이여."

"그럼 여분이 있겠는가. 귀필과 윤노미, 내가 한잔 올리겠네. 자…… 아…… 술잔을 받게나."

윤노미가 몽돌에게 충고한다. 새끼주모는 우리가

그제부터 눈독을 들여놨으니 자네는 김치 국물부터 마시지 말라고 힐책을 한다.

"그런 법이 어디 있당가? 술집 여자는 자신이 마음에 드는 남자에게 한방에 넘어간당께. 누가 먼저 눈도장을 찍은 것은 크게 문제가 될 수 없제. 두고 보소 누구에게 넘어오는가?"

"그건 맞네만. 그동안 공들인 시간을 계산해 주어야 하지 않겠는가? 공정한 경기(?)를 해야만 허네."

"그럼 형평성을 위해 경기규정을 정해보세나."

세 사람은 서로 의를 상하지 않고 공정한 경기를 펼치기 위해 신사협정을 맺기로 정한다. 세 사람이 주는 술을 모두 받아먹고 끝까지 버틴 사람이 새끼주모에게 도전권을 주기로 약속한다. 물론 그러한 규정을 정하기까지에는 많은 승강이가 있었다. 어떤 이는 제기차기를 해서 판가름을 하자고 하고 다른 이는 닭싸움을 펼쳐 승부를 가르자느니, 떡 줄 사람은 생각도 없는데, 자기들끼리 김칫국부터 마시고 있다. 팔씨름은 어떻겠는가 라고 제안하기도 한다. 하지만 다른 일행들에게 폐를 끼쳐서는 곤란하므로 술 마시기 대회로 결말을 지었다. 세 사람 모두 술에는 나름대로 자

신이 있었다. 하지만 '술에는 장사가 없다'는 말이 있
지 않은가? 무삼이 주모에게 세 사람의 장정이 지금
새끼주모를 취하기 위해 승부를 펼치고 있다고 전한
다. 남자들은 여자를 위해 쓸데없는 오기를 발동하기
도 하고 지나친 욕망을 펼치기도 한다. 한곳에서 내리
줄창 술을 마시면 모두 쓰러질 것이므로 장소를 옮겨
서 술을 마시자고 무삼이 제안을 한다. 주모에게 밤에
한 장정이 찾아올 것이니 뜨거운 방 한 칸을 비워두
라고 당부를 한다. 주모는 헛물을 켠다고 힐난하면서
박장대소를 한다.

무삼 일행은 주막을 벗어나서 강경장 인근의 색주
가로 다가간다. 색주가는 골목을 사이에 두고 느티나
무가 길거리에 즐비하게 늘어서 있듯이 10여 집이 나
란히 자리잡고 있다. 화장을 짙게 한 색시가 한두 명
씩 골목 밖으로 나와서 손님들 팔을 나꿔챈다. 색시가
스쳐 지나간 자리에는 분 냄새가 코를 찌른다. 향긋한
분내는 길 떠난 지 오래된 남정네들의 가슴을 뒤흔든
다. 무삼이 한 색시의 팔에 끌려 붉은 등불이 요란한
색주가로 들어간다. 어디서 나타났는지 여러 명의 한
복 차림의 아가씨들이 달라붙는다. 안으로 들어가니

10폭 병풍의 산수화가 은은한 아취를 자아낸다. 안견의 '무릉도원도'인가 하고 생각했다. 하여튼 무릉도원으로 접어든 느낌이다.

"주인장, 여기 술 좀 가져오게나. 오늘은 특별한 날이니 막걸리 말고 평양 문배주나 한산 소곡주 그리고 금산 인삼주가 있능가? 여기가 충청도이니까 그래도 소곡주가 좋지 않겠어?"

회장 저고리를 비롯해 아리따운 비단 한복을 차려입은 나이가 중년으로 보이는 술집 여주인이 충청도의 명주 몇 가지를 소개한다. 한산 소곡주는 술이 입으로 들어갈 때는 부드럽게 느껴지지만, 한잔 두잔 마시다보면 취기가 일순간에 올라와 일어나지도 못하고 앉은뱅이가 된다고 하여 '앉은뱅이 술'이라는 별명을 얻게 되었다고 일화를 소개한다. 아산 연엽주는 임금님께서도 드시는 술로서 예안 이씨 가문의 종부에게만 비법이 전수되어 온 고급술이다. 예로부터 남성의 양기를 보하고 혈관을 넓혀 혈행을 개선시켜 피를 맑게 해주는 약용주로 유명하다고 말한다. 또 연엽주는 대취하도록 마셔도 소피 한번 보고 나서는 술이 다 깰 정도로 뒤끝이 개운한 것이 특장이다. 계룡 백일주는 공주군현의 대표적인 술이다. 백일주라는 이름이 붙게 된 연유는 백일 동안 술을 숙성시키는 비법으로부터 유래한 것이다. 공산성 누각에 올라 금강을 바라보며 시회를 갖고 풍류를 즐기면서 신선놀음을 하던 선비들 사이에서 애음되던 술이라고 하여 '신선주'라는 별명을 가지고 있다. 이 술은 누룩을 조금 사용하고 순 찹쌀로만 빚는 것이 특징인데 술의 향기를 높이기 위해 국화와 오미자, 솔잎, 진달래꽃 등이 부재료로 사용된다. 중원지방의 '청명주'도 충청도 지방에서 명성이 높다. 전하는 말로 한양으로 가던 경상도 선비들이 이곳에 이르러 청명주를 마시고 가노라면, 문경새재 산마루에 다다라서야 술이 깼다고 할 정도로 오래도록 그 진미를 즐길 수 있는 술이다. 금산 인삼주는 사육신의 한 사람인 김문기 선생의 집안에서 내려온 가문 비법의 인삼주이다. 누룩을 빚는 법부터 여느 전통주와 남다르다. 누룩은 인삼을 수확, 가공하는 과정에서 얻은 미삼을 통밀가루와 혼합하여 만든 것인데, 인삼의 고유한 향기와 함께 발효과정에서 쑥잎을 사용하여 초취가 뛰어나다. 대전 송순주는 대전 지방의 '육미삼주(六味三酒)'에 속한다. 돌솥밥·도토

리묵·설렁탕·삼계탕·냉면·매운탕을 지칭하는 '육미(六味)'에 반주로 곁들이는 삼주(三酒)로서 국화주를 비롯하여 농주와 오미자주가 합을 이룬다고 전해지는 명주이다. 송순주는 계절에 따라 그때그때 얻어지는 자연산물을 이용한 계절주로서의 특징을 잘 보여준다. 봄철에는 소나무의 곁가지에 자라난 송순을 이용해 술을 빚다가, 여름이 지나고 가을이 되면 서리를 머금은 국화를 따서 술에 넣는 화향입주법(花香入酒法)의 가향주를 즐겼던 까닭에 '삼주'의 국화주가 때로는 송순주로 불려지게 된다. 술집 여주인은 이 중에서 어떤 술을 선택하겠느냐고 무삼 행수에게 묻는다.

"역시 한산 모시로 유명한 한산지방의 '소곡주'를 한잔 하는 것이 오늘밤의 운치에 어울릴 듯하오. 그것을 가져와서 계집들의 섬섬옥수로 따르도록 하시오. 단 한 가지 조건은 술 접대를 하는 색시는 반드시 한산모시로 된 한복을 입고 나와야 한다는 사실이오, 알겠소? 그렇지 않으면 술값을 받을 생각을 포기하시요"

술집 안주인은 능구렁이 같은 수완을 가진 계집이

다. 따라서 눈웃음을 치면서 무삼 곁에서 교태를 떤다. '늙은 구렁이 담 잘 넘어간다.'는 속담과도 같이 객의 취향에 즉각적으로 호응을 한다.

"예이, 여분이 있겠시유? 예쁜 계집들이 속살이 은은하게 비치는 한복을 차려입고 옆에서 술시중을 들도록 하겠시유. 오늘밤 달빛도 고고하니 잘 어울리지 않겠나이까? 그런데 속옷 밑의 고쟁이는 입으라고 할꺼유? 아니면 모두 벗으라고 할꺼유?"

술집 주인은 한 수를 더 뛰어넘어 한양 상고들의 돈을 탈탈 털어야겠다고 작심하고 장단을 맞춘다. 밖으로 나가서 색시들에게 손님들을 대취하게 해서 오늘밤 벌거벗기라고 은밀한 지령을 내린다. 술과 안주를 비롯한 음식이 크게 한상 차려서 들어오자 눈이 휘둥그레진 귀필·귀삼·윤노미·몽돌·비수·신길과 하인들은 평생에 처음 맛보는 고급풍류에 넋을 놓고 앉아 있다. 옆에 앉아서 아양을 떠는 색시들의 옷차림에서부터 혼줄을 놓고 따라주는 술을 그대로 덥석 받아 마신다.

"너희들이 김치산 대행수 어른의 철학을 마음에 잘 새겨두어서 반드시 이번 상단의 일정에서 큰 업적을

내야만 한다. 그러자면 우선 우리들의 단합이 중요하
므로 대취하되 한양 상단의 기품을 잃지 않도록 유념
하길 바란다."

"네에, 잘 받들어 분부대로 하겠습니다. 꼭 성공적
인 일정을 수행해서 목표를 성취하도록 하겠습니다."

술집 안주인은 충청도가 자랑하는 음식 큰상을 들
여오면서 병모양이 매혹적인 한산 소곡주를 손수 들
고 들어온다.

"자아, 우선 무삼 행수 어른께 소인이 한잔 올릴께
유. 여정에 무탈하옵고 목표를 꼭 성취하시고 돌아가
시게 되기를 기원하옵나이다. 우리 집의 화초 중의 화
초인 진앵이가 가야금 산조를 한 곡 들려드리겠시유.
술을 마시면서 감상해주시면 고맙겠시유."

진앵이 가야금을 들고 앞으로 나와서 연주를 시작
한다. 출중한 외모와 가야금을 타는 하얗고 긴 손이
손님들의 흥취를 한껏 돋운다.

"하늘에서 내려온 선녀인가? 아니면 땅에서 기어
나온 요부인가? 궁금하기도 하구만."

무삼이 연주 솜씨에 반해서 극찬을 한다. 모두들
한곡 더 하라고 환호를 한다. 진앵은 가야금 병창을

한곡 더 한다. 예전이면 불가능할 것 같은 색주가의 고급연회를 중인이나 평민, 심지어 천민신분인 상단 사람들이 즐길 수 있게 된 것이 바로 시대적 변화이고 그것을 이끌어낸 것이 장시의 활성화이다. 평등의 시대가 도래한 것이다. 일행은 옆에 앉은 아가씨들에게 술잔을 건네며 수작을 부린다. 서로 낄낄대기도 하고 부둥켜안고 애정을 나누기도 한다. 밤이 흘러갈수록 애정의 농도는 짙어지고 말에도 애교가 넘친다.

"누군가 춤을 한번 춰보게나. 하늘에서 내려온 선녀처럼 말이여."

"누가 먼저 나서 보겠능가?"

술집 여주인이 묘한 눈짓을 한다. 그러자 상란이와 매금 그리고 옥진이가 함께 나가서 장구춤을 춘다. 우리 가락과 장단의 흐름이 부드럽다가도 격정적인 곡조로 반복을 계속하자 술에 취한 남성들도 일어서서 추임새로 호응을 한다. 일 순배, 이 순배 술잔이 돌자 몸을 못 가누고 계집의 무릎에 쓰러지는 사람들도 생긴다. 심지어 계집의 치마 속으로 기어들어가는 남정네들도 생겨 색시들이 소리를 치며 놀라 질겁을 한다. 하지만 계속 기어들어가자 못이기는 채 내버려둔다.

"어머머 무슨 짓이에유. 술이 취하니까 갓난 아기 시절로 돌아가시는가 봐유?"

"아기면 어떻고 어미면 어떠냐? 니가 좋아 죽겠는 걸……."

계집이 까르르 웃으면서 교태와 애교를 떤다. 무삼이가 전대를 풀어 색시들에게 동전 몇 푼씩을 던져주니 돈을 서로 주려고 난리법석이다. 돈맛에 취한 계집들의 교태는 더욱 농도를 더해간다. 매금이가 나와서 <여사당 자탄가>를 한 곡조 부른다.

> 한산 세모시로 잔주름 곱게곱게 잡아 입고
> 안성 청룡사로 사당질 가세.
> 이내 손은 문고리인가
> 이놈도 잡고 저놈도 잡네.
> 이내 입은 술잔인가
> 이놈도 빨고 저놈도 빠네.
> 이내 배는 나룻배인가
> 이놈도 타고 저놈도 타네.

"젖통을 드러내고 옷을 벗어던지는 계집에게 큰 상

을 내릴 것이여."

짓궂은 무삼의 제안에 저고리를 살포시 벗고는 춤을 추면서 앞으로 나오는 계집이 있다.

"이정도 교태면 되겠시유? 큰 상을 저에게 내리셔야 합지요. 빨리 기름을 쳐주세유. 더욱 대담한 몸짓을 보여줄지 어떻게 알아요?"

무삼은 전대에서 동전 한 꾸러미를 꺼내어 그녀에게 던져준다. 상의를 탈의한 계집이 무삼 옆으로 가서 무삼의 얼굴을 자기 치마 속으로 집어넣고 아기취급을 하면서 교태를 떤다. 무삼의 옷을 벗겨 계집은 자신의 저고리를 무삼에게 입히고 까르르 웃는다. 무삼이 기생으로 변신되는 모습에 모두들 박장대소를 한다. 무삼은 계집을 자기 등위에 앉히고 방안을 기어다닌다. <춘향전>의 한 장면 같다. 계집의 제안으로 무삼 행수에게 벌주 한잔씩을 돌리자고 제안한다. 시간이 새벽 삼경에 이르자 질탕한 연회로 변해갔다. 귀필과 몽돌 그리고 윤노미도 대취했다. 귀필과 윤노미는 저녁 무렵의 주막의 새끼주모를 이미 잊어버렸으나, 몽돌은 그녀 생각에 술 분위기가 화끈 달아오르지 않는다. 몽돌은 빨리 연회가 끝나기만을 고대한다. 삼경을 훨씬 넘기고 색주가를 빠져나온 무삼 일행은 여각을 향해 밤길을 걷는다. 달빛이 고고한 것이 주흥을 더욱 돋운다. 모두들 숙소에서 자리를 펴자마자 술에 취해 곯아떨어진다. 잠시 누워있던 몽돌은 문밖으로 나와서 주막을 찾아간다. 다행스럽게도 그녀 방의 등잔불은 켜져 있다.

"안에 누구 있어요?"

몽돌은 새끼주모의 방으로 다가가서 안의 동태를 살피면서 조심스럽고 기어들어가는 작은 목소리로 속삭인다. 하지만 한동안 반응이 없다. 인기척은 있지만 안쪽에서도 밖의 움직임에 예민한 것이다.

"누가 왔나유? 누구신감유?"

한참을 지나서야 곱상한 새끼주모는 문을 열고 밖의 반응을 살핀다. 멀리서 여치소리인가 벌레소리가 창공을 가른다.

"저어…… 기억하겠어요? 저녁에 식사를 하던 김치산 상단의 일행임더. 몽돌입니다. 아까 인사를 나눴지요"

"그랬던가유? 시간은 삼경을 훌쩍 넘었는데, 어인 일로 여자 혼자 자는 방을 찾아오셨는지유? 일이 있으면 내일 밝을 때 찾아오실 것이지……"

여인은 문을 닫고 다시 들어가려는 자세를 취한다.
몽돌은 다급해졌다.

"아니 지금 말씀 드려야 할 일이 생겨서 그러니 잠
시 안으로 들어가도 되겠는지요?"

여인은 잠시 망설이더니 주변의 시선을 의식하면서
속삭이듯 말을 건넨다. 이목이 두려우니 안으로 잠시
들어가자고 말을 한다. 몽돌은 안심을 한다. 딱지를
맞지 않은 것만으로도 절반은 성공이다.

"미안하지만 술과 안주 좀 챙겨 나오시면 좋겠는
데……"

밤늦게 염치가 없지만 어찌 하겠는가? 서먹서먹함
을 없애기 위해서는 술의 힘이 필요하다. 말이 떨어지
기가 무섭게 그녀는 발뒤축을 들고서 부엌으로 들어
선다. 주모가 깨면 큰일이라 조용조용하다. 곧 간단히
챙겨서 반상에 술병을 올려놓고 육포에 총각김치를
얹어 들고 온다.

"밤이라 준비된 것이 없어서 간단하게 차려왔어
유."

몽돌은 그녀에게 먼저 술잔을 권하며 들라고 몸짓

을 한다. 그녀는 마다하지 않고 술을 가려린 입술에 대고 마신다.

"한잔 받으시오."

묵묵히 말없이 건네는 술잔이 오히려 떨림을 유발한다. 몽돌은 단번에 마신다. 그녀는 다시 술잔에 술을 가득 따른다. 불쑥 찾아온 용무를 말한다.

"그냥 한잔하고 싶어서 찾아왔소. 새끼주모의 삶에 대해서도 궁금허구요."

"여긴 '내 손은 문고리인가 이놈도 잡고 저놈도 잡네. 내 입은 술잔인가 이놈도 빨고 저놈도 빠네' 하는 삼패 기생들이 있는 색주가가 아닙니다."

"잘 알고 있지라. 무슨 사연이 있는 듯한데 주모도 잘 얘기를 안 해줍디다. 그 사연이 실은 몹시 궁금하요."

"여인네의 보잘것없는 사연을 알아서 무엇 하시려구요?"

"그래도 궁금한 것은 못 넘기는 성미라서, 좀 알고 싶소."

"그저 술이나 한잔하다가 조용히 가세요. 시끄러운 세상, 복잡하게 살기가 싫습니다."

"당신이 무슨 이태백이도 아니고 속세에 무덤덤하게 살다 간다고 하는 뜻……?"

"그런 의미가 아니라 일이 잘 풀리지 않는 인생이라 신세 한탄도 할 수 없고 그래서 드리는 말씀이외다."

"점점 더 궁금하게 하오. 더 미궁에 빠지기 전에 속시원하게 털어놓으시요. 전국을 뛰어다니는 장돌뱅이가 뭔 도움이 되겠소만은, 그래도 꽉 막힌 속이 약간 풀리지는 않겠소이까?"

술이 몇 순배 돌아가자 마지못해 여인은 속에 들은 말을 내뱉는다.

"제 이름은 월련이옵니다. 실은 강경포구의 포구 주인어른과 우연히 몸을 섞어 첩 생활을 시작했으나 본처가 워낙 샘이 많아 질투를 해대고 못살게 굴어 그 집에서 뛰쳐나오고 말았소이다. 주막 뒤에서 울고 있는 저를 보고 불쌍하게 여겼던지 주모께서 소첩을 챙겨주셨소"

여인은 혼자 얘기를 하다가 눈물을 흘린다. 자신의 인생이 생각해보니 가련한지, 서글픔에 눈물이 쏟아지는 것을 막지 못한다.

"포구 주인 사내는 간혹 찾아오기는 한다요?"

"시도 때도 없이 불쑥 찾아와서 함께 지내다가 돈 푼깨나 던져놓고 갑니다. 그것도 요즈음은 본처의 앙탈이 심해 발을 끊은 지 오래 되었수다."

"그렇소. 그래서 주모도 안쓰러워 말을 안 하는구먼."

"제 신세를 남에게 함부로 얘기해서…… 무슨 손가락질이나 받으려고……."

"그럼 마음에 드는 보부상이나 붙들고 따라나서지 그랬소?"

"길 가는 남정네들을 믿어서 어떤 사달이 나려구요. 포기한 지 오래 되었어요."

여인의 사정이 딱하기는 하지만 몽돌이는 자신도 진정성을 드러낼 수 없는 처지라 더 이상 위로를 하지 못한다. 다만 그녀에게 다가가 어깨를 만져주면서 건성으로 위안의 말을 건넨다. 여인은 말이라도 살갑게 대해주는 몽돌이가 착한 사람으로 느껴져 그에게 몸을 맡기고 안긴다.

"기왕이면 이부자리를 피구려. 오늘 밤 술을 많이 했더니 새벽이라 피로감이 오는구먼."

월련은 조용하게 일어나 이부자리를 펴고는 말없이 목석처럼 앉아 있다. 몽돌이 다가가서 그녀의 저고리를 벗긴다. 여인은 말없이 그의 행동에 몸을 맡긴다. 몽돌은 그녀 손을 잡고 이부자리 쪽으로 눕힌다. 여인의 치마의 옷고름을 풀어 줄에 건다. 속치마만 걸친 채 여인은 조용히 눈을 감는다.

"호롱불은 끌까유?"

"아니요. 당신 얼굴을 좀 더 보겠소. 그래야 오랜 세월의 풍파 속에서도 당신을 기억할 수 있지 않겠소이까?"

"부끄럽지만 그렇게 하시유."

여인은 조용히 눈을 감고 몽돌의 사나이다운 가슴을 만진다. 입술을 더듬으면서 자신의 여린 입술을 갖다 댄다. 몽돌은 여인의 젖무덤에 얼굴을 파묻고 젖꼭지를 어린 아이가 배고파서 빨듯이 힘껏 빨아댄다. 여인네는 자극이 되었던지 몸을 비튼다. 몽돌은 그 사이 한 손을 그녀의 치마 속으로 들이밀어 음부를 쓰다듬는다. 아래로 내려가 시큼한 식초 같은 내음에도 상관않고 혀를 조심스럽게 갖다 댄다. 월련은 자지러질 듯 몸부림을 치며 몽돌의 가슴 속에 파고든다. 전율이 몽돌의 몸에 전달된다. 몽돌의 아랫도리에도 반응이 온다. 딱딱한 것이 솟아올라 여인의 사타구니에 살짝 닿더니 제 곳을 찾아 자리를 잡는다. 여인이 갑자기 몸을 움찔한다. 호롱불빛에 비친 여인의 탐스러운 젖무덤이 흔들린다. 아름다운 이십대의 몸도 불빛을 따라 아른거린다. 질펀한 반죽처럼, 육체는 절벽에 부딪치는 연한 파도의 울음소리를 내며 소용돌이친다. 오경을 알리는 지, 저 멀리 닭 울음소리가 새벽의 어둠을 가르며 울려 퍼진다. 한동안 여운은 번져나간다. 몽돌은 주섬주섬 줄에 걸린 옷을 챙겨 입더니 엽전 한 꾸러미를 던져놓고 문을 나선다. 월련은 어깨를 들썩이며 가볍게 울먹인다. 새벽공기를 긴 호흡으로 들이킨 몽돌은 껌껌한 밤의 골목길로 사라진다.

아침식사 시간이 되어도 몽돌이 나타나지 않자 무삼은 사람을 풀어 강경포구 주변을 탐문한다. 귀필과 윤노미는 집히는 것이 있어 주막을 찾아가 새벽에 몽돌이 다녀갔는지를 탐문한다. 방안에 있던 새끼주모가 부석부석한 얼굴로 나와서 몽돌이 간밤에 와서 술을 한잔하고 간 것을 실토한다.

"도무지 어디로 사라진 것이여. 여인네는 그대로

있는디, 그 방을 나와서 어디로 간 것잉가? 해변에서 실족을 한 것일까?"

귀삼·윤노미·귀필·비수·신길이 모두 방향을 나눠서 바다와 해변을 뒤진다. 허탕을 치고 돌아온 일행은 아침식사를 국밥으로 해치운 뒤 다시 보부상의 본방을 찾아가 실종신고를 하고 장시에 방을 붙여달라는 협조를 부탁한다. 무삼 일행은 어쩔 수 없이 몽돌을 기다리며 강경장에서의 일을 하루 더 보기로 결정한다. 귀필을 앞세워 원산에서 들어오는 북어와 대구를 독점하여 한양 송파나루터로 수송할 계약을 체결한다. 큰일을 한 건 마무리 지으면서도, 무삼 행수는 어젯밤의 연회가 과한 것이 아니었는가 자책하면서 노심초사한다.

다음날 한낮이 되어서야 몽돌은 변사체로 발견되었다. 파도에 밀려 포구 쪽으로 떠내려 온 시체를 어부가 건져 올린 것이다. 공주목의 이방과 형방 그리고 장교가 포졸 몇 놈을 이끌고 조사차 나왔다. 검시관들이 시체를 볏짚 포대기 위에 얹어놓고 검시를 해보니 몽돌의 몸에는 멍이 많고 직접적 사인은 복부를 칼에 여러 차례 찔려 피를 많이 흘린 것이 원인이었다고 판정을 내렸다. 몽돌의 간밤의 행적을 조사해서 주막의 여인과 사통하고 있던 강경포구 주인 학준을 잡아들였다. 공주목사는 강경장을 중심으로 하는 살인사건이라 중대범죄로 간주해서 직접 심문을 하겠다고 나섰다. 요즈음 장시에서 큰 범죄가 많이 일어나서 조정 대신들도 민감하게 반응한다는 것을 공주목사도 잘 알고 있었기 때문이다.

"네놈이 몽돌을 직접 죽였느냐? 아니면 다른 부하를 보내 살해하고는 시체를 바다에 내던졌는가?"

"저는 몽돌이라는 자를 알지도 못하고 일면식도 없습니다. 그런데 어떻게 그자를 죽일 수 있겠습니까? 또 저는 그 시각에 집에서 잠을 자고 있었습니다. 사실 확인을 해보시오."

실상 '짜고 치는 고도리'라고 공주목의 이방과 아전 계층들은 알게 모르게 강경포구의 주인 학준과 사적인 관계를 맺고 있어서 포구 주인을 잡아들이는 것도 애초에는 반대했다. 하지만 변사체가 대낮에 공공연하게 발견되었으니 감출 수가 없었고, 소문이 넓게 번져나가서 입막음 자체를 할 수가 없었다. 그래서 포구 주인에게 범인을 하나 불고 그에게 죄를 둘러씌우라고 조언을 했다. 점차 조사가 깊이 있게 진행되고 증거가 하나둘 드러나자 이방과 형방은 더 이상 학준을 옹호하기 어려워졌다.

"조사해본 바에 의하면 몽돌은 한양의 거상 김치산 상단 소속의 보부상으로 강경장의 어물 거래를 위해 며칠 전에 들어왔다고 한다. 이권과 관계되어 포구 주인인 네가 직접 그를 살해한 것인가?"

"저는 해상 선박관리를 위주로 영업을 하고 있으며, 창고업 등은 부수적인 일입니다. 따라서 김치산 상단과 직접적인 거래 자체가 없습니다. 따라서 상업적인 이득과 관계되는 원한 자체가 있을 수가 없습니다. 억울합니다. 저는 국가에 세금을 많이 내고 진휼도 많이 했습니다. 그러니 저를 제발 풀어주시오"

"몽돌의 전신에 나타난 멍으로 보거나 칼에 찔린 자상으로 볼 때 전문가적인 칼잡이의 소행으로 추정된다. 살해당한 자가 한방에 치명상을 입을 정도로 예리하게 찔렸다. 그것으로 보아 포구 주인인 네가 하수인을 부려 죽인 것이 분명하다. 빨리 이실직고하지 못하겠는가? 주리를 틀어야 제대로 진실을 말하겠는가? 여봐라, 저놈이 사실을 얘기할 때까지 곤장을 치고 주리를 틀어서 바른 말을 하도록 하라."

형방이 명령을 수행하여 형리에게 물고를 내리라고 명령을 하달한다. 포구주인은 자신은 살인사건과 상관없다고 계속 주장한다. 주리를 틀고 곤장을 여러 대 때리자 고통을 참지 못하고 바로 실신을 한다. 형방과 장교는 합동으로 간밤에 몽돌이 만났던 주막의 새끼주모를 체포하여 포구주인과의 관계를 낱낱이 조사해서 그녀가 포구주인과 사통한 증언을 채록한다. 또 포구 주인이 부하를 시켜 새끼주모 방 주변을 미행하여 다른 남자의 출입이 있었는가를 염탐하게 하였다는 사실관계도 확인을 한다. 공주목사 이청산이 다시 심문대에 올라 범인을 취조한다.

"학준은 들어라. 너는 더 이상 거짓말을 하기가 곤란할 것이다. 사실 증거가 하나씩 드러나고 있기 때문이다."

"저는 거짓말을 한 것이 없습니다. 왜 죄도 없는 소인을 체포하고 물고문을 자행하십니까? 소인은 억울합니다."

"정말로 억울한가? 조사관들의 말을 들으면 너는 주막의 여인네와 간통을 하였고 그것도 모자라서 그

여인네에게 염탐꾼을 두어서 뒷조사를 시켰다고 하는데, 그것이 사실이냐? 장시에서 큰돈을 벌었다면 수익을 장시 발전에 쓰던지 아니면 국가가 어려움에 처했을 때 진휼을 해야지, 사적인 방탕한 탐욕에 사용하다니 용서할 수가 없구나. 더구나 수하의 사람을 돈을 주고 매수하여 큰 죄를 짓고도 반성을 하기는커녕 거짓말을 늘어놓으니 니가 살아남기를 진정으로 바라는 것이냐?"

학준은 부하가 고문을 못 이기고 실토를 한 것으로 생각하여 고개를 들지 못한다. 결국 죽을 죄를 졌다고 사죄하고는 처분을 바란다고 최후진술을 한다. 공주 목사 이청산은 어명에 따라 학준과 그의 부하 고재를 장시에서 군중들이 모인 가운데 효수하라고 최종적으로 하명한다. 파발이 달려가고 장터에서 강경장의 거부 학준은 시장을 교란한 죄와 살인을 저지른 중죄로 말미암아 효수되어 참형에 처해진다. 무삼은 몽돌의 변사체를 수습하여 땅에 묻고는 배를 타고 일행과 함께 나주나루터로 떠난다.

무삼 일행은 아픔을 가슴에 품고 길을 나섰다. 강경나루에서 배를 타고 금강호를 가로질러 남쪽으로 방향을 틀어 서해로 진입하였다. 영광 법성포구를 잠시 들러 일을 보고 다시 배에 올라 무안군현의 나루에서 하역하여 육로로 나주목으로 들어갔다. 해상으로 가려고 하면, 신안과 목포진(조선 초기부터 수군의 거점)을 거쳐 영산강을 따라 나주나루터로 가야 하므로 너무 많은 시간이 소요되기 때문이다. 법성포구는 조기철이 되면 경강상인을 비롯해서 전국의 배들이 몰려들어 인산인해를 이루었다.

나주진에 소속된 고을은 광주·능주·영암·진도·영광·무안·함평·남평·호순·해남·고창·무장이다. 동쪽으로는 남평과의 경계까지 7리이며, 서쪽으로는 무안과의 경계까지 38리이다. 남쪽으로는 영암과의 경계까지 50리이며, 북쪽으로는 함평과의 경계까지 40리이다. 북쪽으로 서울까지 7백 42리로, 열흘 가는 거리이다. 북쪽으로 감영까지 2백 60리로, 하루 반 가는 거리이다. 전라도에서 전주 다음으로 큰 고장이므로 도로도 잘 발달되어 있다. 동쪽으로 남평현과의 경계에 있는 광탄에서 오는 길이 7리이다. 서쪽으로 무안현과의 경계에 있는 고막까지 가는 길이 30리이다. 남쪽으로 영암군과의 경계에 있는 모산에서 오는 길이 50리이다. 북쪽으로 장송부와의 경계에 있는 은행정까지 가는 길이 60리다. 동남쪽으로 장흥부와의 경계에 있는 한대동에서 오는 길이 75리이고, 서남쪽으로 무안현과의 경계에 있는 사호포까지 가는 길이 60리이다. 서북쪽으로 함평현과의 경계에 있는 우치에서 오는 길이 40리이다. 동북쪽으로 광주목과의 경계에 있는 장녹촌까지 가는 길이 30리이다. 나주는 고려 현종 때 거란족의 침입을 피해 임금이 남방으로 거동하여 이곳에서 열흘 가량 머물다가, 거란군이 패배하여 물러가자 왕이 도성으로 돌아가서 몇 년 후에 나주목으로 승격시킨 후 조선에서도 그대로 따랐다.

나주사람들의 풍속에 대해 조선 초기 정도전은 "사람들이 착하고 꾸밈이 없어 딴 생각을 품지 않으며, 열심히 농사짓는 것을 생업으로 삼는다."고 말했고, 이예는 자신의 시에서 "가게를 벌여놓고 물건을 사고판다. 백성들의 풍속이 순박하다."고 평했다. 물산은 생선을 중심으로 표고버섯과 석류가 유명하며 고기는 다양한 어종이 잡혔다. 복·수어(숭어)·은구어(은어)·오적어(오징어)·낙제(낙지)·속화(굴)·해의

(김)·곽(미역)이 많이 거래되었고, 전죽(화살대)·자기(사기그릇)·차·대나무 등이 많이 생산되었다. 말이 출입, 관리되는 역원으로는 관아의 북쪽으로 5리 거리에 있는 청암역(역리 16명, 역노 14명, 역비 3명, 역마 8마리)과 신안역(역리 10명, 역마 10마리)의 2곳이 있었고, 원으로는 관아의 남쪽 30리에 있는 신안원, 창흘원을 비롯하여 총 9곳이 있었다. 나주목에는 문관이며 음관인 정3품의 목사와 좌수, 별감, 군관과 아전 73명, 사령 41명, 관노 33명, 관비 35명, 장악원에는 악생 1명, 악생보 6명, 악공보 36명이 있었다. 관비가 35명이 있었고, 악생, 악공이 40여 명이 있었다는 사실을 볼 때 나주목이 조선조에 얼마나 큰 고을이었는가를 가늠케 해준다.

무삼 일행은 서해 바다에 닿아 있는 무안의 나루터를 통해 나주목의 서남쪽으로 사호포를 따라 약 80리를 말, 나귀에 짐을 옮겨 싣고 들어갔다. 탁 트인 들판이 무삼 일행을 반겨준다. 피로에 절었던 무삼은 기분이 상쾌해짐을 느꼈다.

"역시 호남은 곡창이구먼. 넓은 들판을 보니 생동감이 솟아나는군."

"네에. 공기도 좋고 식량도 풍족해서 사람 살기에 좋은 고을 같습니다."

"영산강 줄기에 있는 사호포도 아름답고, 강줄기가 질게 뻗어 있어서 물 공급이 수월하겠는걸요."

"그래 물론이지, 물이 풍부해야 농사에 좋다는 건 당연한 소리가 아닌가."

일행들 모두 푸른 들판을 바라보며 그동안의 피로가 씻어지는 느낌을 받는다. '농자천하지대본(農者天下之大本)'이라는 말이 떠오른다.

"농사가 잘 되니, 장시에서 장사도 잘 될 것으로 보입니다."

"그렇겠지, 세곡을 내고 가족들 먹고 남은 쌀은 내다 팔지 않겠어?"

"다른 필요한 수공업 제품이나 옷감과 교환도 해야 하니까요."

무삼이 자신이 알고 있는 내용을 보태서 말을 거든다.

"나주는 큰 고을이여. 쌀농사도 잘 되지만, 염전도 잘 되는 것으로 알고 있어. 영산 조운창도 유명하지만, 염창도 매우 큰 것이 있다고 들었어."

봄과 가을에 공납하는 소금 2,590석을 관리하는 염
창이 나주관아 남쪽 9리에 있었다. 또 영산창도 전라
도에서 걷히는 세곡 모두가 보관되는 큰 창고였다. 전
라도에는 나주 목포에 있는 영산창과 함열현 서피포
에 있는 덕성창의 두 개밖에 없었다. 영산창은 나
주·순천·장흥·담양·낙안·보성·해진·영암·
무진·강진·고흥·광양·능성·남평·화순·동
복·곡성·옥과·창평·진원·장성·흥덕·무장·
함평·무안의 26개 고을의 조세를 거두어들였다. 덕
성창에는 함열·전주·남원·익산·고부·김제·금
산·진산·순창·임피·옥구·만경·부안·정읍·
금구·태인·임실·구예·운봉·장수·진안·용
담·무주·고산·여산·용안의 26개 고을의 세곡이
유입되었다. 조창의 관할구역은 당시 전라도를 상도
와 하도로 나누는 역할을 했다. 이러한 구분은 오늘날
의 전라남도와 전라북도로 행정구역이 나뉘는 것과
일치한다. 영산창의 존재는 나주의 고을 위상을 높이
게 된다. 물론 얼마 지나지 않아 법성창이 생겨 조창
의 기능이 그곳으로 상당히 옮겨지게 된다.

　　"소문에 의하면, 법성창이 되었든, 영산창이 되었든

간에 지역상인들보다는 경강상인들이 모든 것을 독점해서 문제가 되고 있다는 거여."

"한양의 경강상인들이 그렇게 세력을 넓혔다요?"

"우리 김치산 상단만 해도 날로 커지고 있지 않능가?"

"네에 그렇긴 해요. 우리가 발 빠르게 움직여 나주 영산창이나 법성창으로 들어가는 세곡을 독점해야 큰 돈을 벌 수 있을 것이요."

"그래서 우리가 대행수 어른의 분부를 받잡고 이렇게 서둘러 내려오지 않았나?"

"행수 어른, 나주목이 전라도의 중심이라 장시의 규모도 매우 크겠습니다. 그렇지 않을까요?"

귀필이 행수 어른 옆에 붙어 서서 기대감을 표시한다.

"맞어! 전라도가 장시의 출발지인데다가 나주목은 전주와 더불어 전라도에서 가장 중심축을 이루는 고을이라 장시의 규모도 클 것이고, 조창도 있고 영산강을 끼고 있기 때문에 육로와 해상의 교통로 모두가 활발해서 보부상이나 객주들의 활동이 빈번할 것으로 생각되는군."

우리나라는 6천 해리의 긴 해안선과 7대강을 포함하는 하천이 국토를 가로지르면서 흘러내려 수운 교통이 발달할 수 있는 천혜의 조건을 가지고 있다. 이 무렵 실학자 다산 정약용은 상품의 운송에 해운이 가장 중요하다고 말했다. 배의 운항은 해운과 수운이 있고 선박도 해선(海船)과 강선(江船)으로 구분된다. 수운에 이용되는 강선은 폭이 좁고 길이가 긴 것이 특징이었던 반면, 바다를 운항하는 해선은 침몰되지 않기 위해서 강선에 비해 폭이 넓고 길이가 짧았다. 조선 후기로 접어들어 선박을 이용한 상품유통이 활발해지자 군선(軍船), 조선(漕船), 경강사선(京江私船)의 모든 선박에서 그 규모가 커지는 현상이 나타났다. 군선의 경우에는 임란 이후 대형선박인 전선과 거북선이 일본과의 해상전투에서 엄청난 전과를 올렸기 때문에 소형선 중심의 군선편제가 사라지고 대형선박인 전선을 주력 전함으로 하고 이에 부수되는 병선, 방해선 체제로 군선편제가 정비되었다. 군선뿐만이 아니라 세곡을 운송하는 조선(漕船)이나 경강사선도 규모가 커졌다. 조선의 적재량은 과다적재로 인한 파선의 위험 때문에 법률로 제한을 했는데, 애초에는 500석으로 제한했다가 18세기 후반에는 1,000석으로 늘어났다. 세곡임운에 투입되었던 경강선도 1,000석으로 공인되었다가 일부 선인에 의해 운송할 때의 선가 이익을 극대화하기 위해 적재량 2,000석 규모의 선박을 건조하기도 했다. 나주나루터에서 강경을 거쳐 서강으로 해상 운송되던 세곡선도 규모가 점차적으로 커지고 있었다.

어느새 무삼 일행은 나주읍내로 접어들었다. 해상과 육로로 먼 길을 달려와서 모두들 지쳤으나 그래도 고을 관아에 가깝게 다가가자 기대감으로 들뜨는 기색이 완연하다.

무삼은 보부상들의 임방을 찾아갔다. 그곳의 본방 일동을 만나 김치산 상단에 대해 설명을 하고 나주에서 걷히는 세곡이 영산창이나 법성창에 보관한 후에 해상로를 이용하여 서강의 장흥창으로 이송되는 과정을 독점할 수 있는 방안에 대해 협의를 했다.

"일동 본방, 우리가 손을 잡으면 앞으로 큰 돈을 벌수 있게 될 거요. 그러니 잘 생각해보기 바라오."

"나주장이 규모가 크다고 하지만, 한양의 송파장이나 칠패, 배오개(이현)의 상인들과는 비교가 되겠습니까?"

"그래서 전라도 현지의 보부상과 경강상인인 우리가 손을 잡기 위해 급히 내려온 것이 아니겠소. 보부

상뿐만이 아니라, 포구 책임자, 객주와 거간과의 연계
망도 좀 챙기려고 하는 것이라요."

"무삼 행수가 말하는 뜻을 왜 모르겠소? 하지만 지
역 보부상들의 말대로 한양의 경강상인들만 도와주는
꼴이 되지 않을까 걱정하는 것이지요."

"일동 본방이 말하는 의미를 내가 모르는 바가 아
니오. 하지만 앞으로 장시가 좀 더 발전하고 상권이
확대되면, 점차 큰 자본을 중심으로 재편될 수밖에 없
소. 따라서 미리 촘촘한 상업망을 만들어 놓으면 그러
한 상권에 들어가 있는 상인들은 땅 짚고 헤엄치기가
될 것이오. 알겠소?"

"우리도 왜 모르겠소? 한양에는 상단만 있는 것이
아니고 상단을 돌봐주는 고관대작들이 즐비한 것을
잘 알고 있소. 우리처럼 나주목사와 겨우 선을 대는
정도와는 비교가 안 될 것이란 것도 알고 있소만."

무삼은 나름대로 상단에서 김치산 대행수로부터 얻
은 체험을 중심으로 세상 돌아가는 것에 대해 얘기를
해준다. 또 김치산 상단이 가장 중시하는 것이 신의와
약속이라는 점도 강조한다.

"일동 본방, 상거래에서 가장 중요한 것은 무엇인

지 아시오?”

“거야. 약속을 잘 지키고 믿음을 주는 것이겠지요?”

“맞소. 바로 그것이요. 김치산 대행수님이 항상 강조하는 것이 있소. 한번 거래한 상인과의 약속은 철저하게 지켜야 한다는 철칙이오. 또 상거래의 비밀은 무덤까지 가져가야 한다고도 말씀하십니다.”

“잘 알겠소. 이번 기회를 잘 활용하여 나주장으로 들어오는 모든 미곡을 김치산 상단과 거래하도록 하겠소. 그뿐만이 아니라 세곡선의 운반과 하역작업 등에 관한 권한도 앞으로 모두 김치산 상단과 상의하여 결정하도록 도울 것이오.”

“고맙소. 단 한 번의 만남으로 매우 중요하고 큰 상거래를 해치울 수 있겠소? 오늘은 대강의 원칙만 정하고 일동 본방이 한양으로 한번 행차하여 우리 김치산 대행수 어른을 만나 뵙고 나머지 모든 세부 거래 내역을 문서화하도록 합시다.”

“맞는 말씀이외다. 그렇게 하는 것이 순서가 아니겠소? 오늘 밤은 큰 원칙을 잡았으니 색주가로 자리를 옮겨 객고나 풀도록 함세. 나주목은 전라도에서 전주 다음으로 큰 고을입네다. 따라서 기녀들이 악기도 잘 다루고 인물도 출중하답니다.”

"그래요? 정말 그렇게 기녀들이 예쁘단 말씀입니까? 우리 상단의 남자들이 입이 크게 벌어지고 침을 질질 흘리겠구먼. 계집들이 그렇게 예쁘면 피로가 풀리는 것이 아니고 더욱 쌓이게 될 것이 아니오?”

일동 본방의 길 안내로 무삼 행수와 그 일행은 나주목의 읍내장에서 그리 멀지 않은 번화가에 위치한 색주가로 들어갔다. 곱게 물겹 저고리와 통치마의 화려한 한복을 차려입은 기생이 일행을 방으로 안내한다. 이미 큰 요리상 위에는 각종 요리와 음식들이 손님을 기다리고 있었다. 흰쌀밥과 곰국 다음 줄에는 간을 맞추는 청장・젓국・초고추장의 종지가 가지런히 놓여 있고, 더운 음식과 손이 자주 가는 것과 국물이 있는 국・찌개・장김치가 오른편에 놓여 있다. 젓갈류와 밑반찬이 상의 왼편에 진열되어 있다. 또 각종 찜, 고등어구이, 별찬인 회, 수란이 입맛을 돋운다. 구이로는 궁중의 임금님 수라상에 올렸다는 너비아니, 오방색으로 장식한 화양적과 홍합초, 김치적으로 구상된 적, 내장전・간전・부아전으로 구성된 전류, 사태찜・대하찜의 찜과 오이선・두부선・호박선의 선

도 구미를 당긴다. 심지어 구절판과 도미면, 흰살 생
선인 민어·광어·도미의 횟감을 끓는 물에 살짝 익
힌 매끄러운 맛의 숙회도 놓여 있다. 후식으로 각색
편과 삼색단자와 과일이 들어온다. 유자화채도 노란
색의 윤기를 더하며 손님의 입맛을 자극한다. 차를 들
면서 가야금을 든 기생의 연주를 듣는다. 기생의 둥근
형태의 배래선과 짧은 저고리가 시선을 끈다. 특히 보
라색 깃과 긴 고름이 우아한 자태를 돋보이게 한다.
쪽을 진 머리가 밑으로 많이 쳐져 있으며 치마의 주
름이 굵게 잡혀 있는 것으로 봐서 홑겹치마를 입은
것으로 생각된다. 또 다른 노랑저고리를 입은 기생의
저고리는 길이가 짧은데, 소매가 심하게 조이는 착수
(窄袖)와 끝동이 아주 좁은 형태를 띠고 있다.

　기생은 <죽장망혜>와 <골패타령>을 연이어 가야
금 병창으로 부른다. 일동 본방측 보부상들과 무삼 행
수 일행의 상인 사이사이에는 색상이 고운 한복을 곱
게 걸쳐 입은 기생들이 앉아서 술을 권한다.

　"무삼 행수 어른, 음식은 입에 잘 맞았다요? 전라도
음식이 짠 편인디, 괜찮은게라?"

　"임금님 수라상 못지않은 12첩 반상을 받아보니 감

개무량하옵니다. 색상이 너무 화려해서 입으로 들어 갔는지, 눈으로 들어갔는지 혼동이 될 정도요."

평소에 옮겨 다니면서 술국이나 개다리소반만 먹어 본 일행들은 배가 터지도록 먹어서 앉아서 숨을 쉬기 도 어려웠다.

"술은 '어주'로도 불리는 해남 진양주로 준비시켰으 니 오늘밤은 취커니 마시고 수청방의 원앙금침에서 푹 쉬시요."

"아니 우리가 관찰사라도 된다는 말씀이요? 이렇게 호사스런 대접을 다 받게요."

"앞으로 나주장의 보부상들을 먹여 살릴 동아줄인 디, 이런 정도의 대접이야 약소한 것이 아니겠소?"

"무슨 별 말씀을……."

"계집들은 잘 들어라. 오늘 밤 옆에 있는 사내들의 마음을 훔치지 못하면 해우채를 못 받을 줄 알어라."

"무슨 사내가 정도 없이 술만 홀짝대고 있다요? 님 도 보고 뽕도 따야제?"

"술이 얼큰하게 취해야지 정도 생기고 계집도 예뻐 보이는 법이거든."

와자지걸 시끄럽다. 일동 본방은 무삼 행수 이외에

도 귀필·윤노미·귀복에게도 술잔을 돌린다. 옆의 기생들에게 객들이 취해서 쓰러질 정도로 술을 권하라고 눈짓을 한다. 시간이 삼경에 이르자 모두들 술상에 엎어질 정도로 취기가 오른다. 기생들은 대취한 사내를 한 명씩 일으켜 세워 수청방으로 인도한다. 장시 주변의 색주가의 밤은 하룻밤 풋사랑을 나누려는 남녀들의 욕정발산으로 저물어간다. 조선 후기에 각 지역으로 장시가 번성하자, 보부상을 위한 색주가가 형성되었고 여색에다 술을 파는 것을 업으로 삼는 작부(酌婦)가 등장했다. 상선이 모여드는 항구, 광산이 열리는 곳, 교통로의 길가의 주막, 읍촌의 장터에서 젊고 예쁜 여자가 기름을 발라 머리를 빗고 얼굴에 진하게 분을 바르고서 화롯가에 앉아 술구기를 들고 술을 파는 광경을 접하게 된다. 술 취한 남정네는 음담패설로 술파는 작부를 희롱하면, 술파는 여자는 만면에 미소를 띠우고 농염 짙은 말에 대꾸해서 사내의 비위를 맞추면서 돈을 뜯어낸다. 상품교역이 확대되고 대 장시가 형성되면서 색주가의 규모도 덩달아서 커졌다.

연예 상단은 꾸려지고

삼월 삼짇날 연자(燕子) 날아들고 호접(蝴蝶)은 편편(翩翩)
나무나무 송림 가지 꽃 피었다. 춘풍을 떨쳐

원산은 암암(暗暗) 근산은 중중(重重) 기암은 층층 태산
이 울어
천리 시내는 청산(靑山)으로 돌고 이 골 물이 주루루루
루루 저 골 물이 콸콸

열의 열두 골 물이 한데로 합수(合水)쳐 천방저 지방저

월턱져 구부쳐

　방울이 버큼져 건너 병풍석에다 마주 쾅쾅 마주 때려

　산이 울렁거려 떠나간다. 어디메로 가잔 말

　아마도 네로구나 이런 경치가 또 있나. 아마도 네로구나

이런 경치가 또 있나.

（본창）

새가 날아든다 온갖 잡새가 날아든다.

새 중에는 봉황새 만수 문전(萬樹門前)에 풍년새

　산고곡심무인처(山高谷深無人處) 울림(鬱林) 비조(飛鳥) 뭇

새들이

　농춘화답(弄春和答)에 짝을 지어 쌍거쌍래(雙去雙來) 날아

든다

　말 잘하는 앵무새 춤 잘 추는 학 두루미 솟땡이 쑥국 앵

매기 뚜리루 대천의 비우

　소루기 수리수리루 에~헤에~ 이쁜 새 좌우로 다녀 울

음 운다.

진채선은 <새타령>을 부르면서 어깨춤과 손가락으로 발림을 넣는다. 모여 있는 장터의 군중들은 숨소리도 죽이면서 그녀의 일거수일투족에 시선을 집중한다. 여름날 새우젓 냄새, 여인네 분 냄새, 고기 썩는 냄새, 떡판에서 모락모락 오르는 떡시루 냄새, 왈패들의 땀 냄새, 각종 냄새가 뒤섞여 고약한 냄새가 나는데도 상관없이 수백 명이 붙어서서 한 여인의 향기에 젖어든다.

"역시 남도 소리는 진채선이 최고여!"

"그라고말고, 판소리 <춘향가>와 <심청가>를 들어봐. 하루 종일 들어도 신물이 안나지."

"소리에 빠져 듣다보면, 선녀로 보이다가도 야차로 변신하고, 남정네 같기도 하고 어느새 가냘픈 여인으로 바뀌어 있고 신출귀몰하다는 표현이 딱 맞을꺼여."

"한 곡 더해. 그래야 인생의 묘미를 제대로 느끼지."

"저 여자 좀 봐. 마치 나비 같네 그려. 나팔꽃 입술에 앉았다가 조그만 바람에도 혹 다시 날아가 버리는 나비 말이여, 나비."

"흰 자작나무의 그늘이 되었다가도 어느덧 바람에 흔들리는 수양버들의 줄기로 변한당께. 저 재주가 어디서 나오는 것이여?"

진채선은 소리만 잘하는 것이 아니라 춤사위를 곁
들이는 발림에도 능했다. 어느 순간에는 여치같이 통
통 튀기도 하다가 또 다른 순간에는 엷은 실바람에도
놀라는 잠자리와도 흡사했다. '호풍호우' 한다는 동편
제의 남성의 통성보다는 미약하지만 높낮이와 장단을
잘 조절하여 뭇 사람들의 감정을 뒤흔드는 재주가 있
다. 잠시도 쉴 틈을 주지 않고 소리를 몰아가니 관객
들이 몰입할 수밖에 없다. 진채선의 이름은 점차 전라
도 전역으로 퍼져나갔다. 그녀가 한번 다녀간 장터는
말 그대로 활화산에서 뿜어 나오는 분화나 분연, 못지
않았다. 장시의 공연을 관장하는 각 고을의 호장들이
바빠졌다.

동리선생 보시오.

채선을 꼭 좀 보내줘야 하겠소. 잘 알다시피 영광군은
요즈음 법성창이 생기고 난후 장시가 번성하여 사람들이
몰려들고 있소. 전라도 인접지역에서만이 아니라 전국 각
지에서 찾아오고 있소. 백성들이 지속적으로 정기장에 몰

려들게 하려면 보여줄 것이 있어야 하오. 소문에 들으면 채선의 소리는 천상에서 내려온 선녀와 진배없다고 하오. 청중의 마음을 들었다 놨다 한다고 하니 인기가 하늘로 치솟고 있다고 볼 수 있소. 동리선생도 잘 알고 있듯이 장시는 앞으로도 번창해야 하오. 그 이유는 첫째, 국가 재정과 지방관아의 재정에 큰 보탬이 되고 있다는 점 때문이라오. 장시에서 걷어 들이는 장시세는 조정에도 큰 역할을 할뿐더러 관아운영에도 거멀못이 되고 있소. 둘째, 가뭄이나 홍수가 발생했을 때 기갈에 처한 백성들의 구휼에 큰 역할을 하고 있소이다. 예전 임금 때 장시를 없애려고 한 적이 있지만 결국 막지 못한 이유는 구휼에 대한 대안이 없었기 때문이라오. 셋째, 장시는 도둑이 발생하고 장물이 취급된다는 부정적인 이유로 폐쇄주장을 한 조정 대신들도 일부 있지만, 백성들의 놀이공간으로서 사회문화적 기능도 떠맡고 있음을 무시할 수 없소이다. 최근으로 올수록 신분제가 흔들려 백성들의 요구사항이 많아지고 있는데, 그들의 욕구를 어느 정도 해소할 수 있는 공간이 있다는 것은 임금과 조정에도 큰 도움이 될 것이오. 여러모로 진채선이 필요하오. 동리선생, 그녀를 꼭 영광으로 보내주시오.

　　영광 향리 조은혁 백

신재효는 부친 신광흡이 별세한 이후 한동안 좌절감에 빠져들었다. 부친은 그에게 많은 유산도 남겨주었고, 지방 향리로서의 자리도 마련해주고 떠났다. 하지만 큰 그늘이었던 부친의 부재는 그에게 큰 아픔으로 다가왔다. 막상 아버지 신광흡처럼 부를 지속적으로 늘려갈 수 있을까 하는 불안감이 커져만 갔다. 또 고창현에서 자식 대에까지 영리계층으로의 신분계승이 가능할까 하는 회의감도 들었다. 부친 대에 이르러서야 한양에서 고창으로 내려온 한계가 큰 부담으로 작용하는 것을 부인할 수 없다. 대안은 없는 것일까? 몇 날 며칠을 고민한 끝에 신재효는 아전의 일을 계속하면서 지역 토박이로서의 뿌리를 내려야 한다고 생각했다. 그 다음으로는 토지를 구입해서 그로부터 나오는 임대료를 활용해야 하겠다고 결심했다. 다른 영리계층은 고리대금을 해서 큰돈을 취하는 경우가 많다. 다만 고리대금은 주변의 어려운 처지에 있는 하층민으로부터 등을 질 가능성이 높다. 부친이 남기고 간 유산을 신분상승에도 이용하고 미래의 부를 창출하는 용도로도 쓸 수 없을까 골몰했다. 그래서 찾아낸 방안 중 하나가 연예 상단을 만들어야 하겠다는 생각이다. 누구랑 상의를 하는 것이 좋을까? 시수창모임의 회원인 연상(蓮上) 안중섭이 떠올랐다.

"연상, 자네 생각은 어떤가? 내가 유산으로 생긴 돈을 이용해서 무엇인가를 도모하고 싶은디 막상 떠오르는 것이 없다네. 그래서 자네에게 자문을 좀 구하려고 하네."

"나야 백수건달이 아닌가? 겉으로야 양반 신분이라서 세상 돌아가는 일을 잘 알 것이라고 생각하기 쉽지만, 사실은 도통 깡통이라네."

"겸손하기는 여전하군. 그래도 자네는 우리 갑회에서도 가장 똑똑하질 않능가?"

"나를 과대평가하는군. 글쎄."

"그럼 내가 약간 생각해본 것이 있는데, 그것을 검토해 줄 수는 있겠능가?"

"생각해둔 것이 무엇인가? 그것을 먼저 말해보게나."

"우선 장시가 크게 융성하고 전국 각지로 퍼져나가고 있으니 그 공간에서 무엇인가를 하면 어떨까 생각해봤어. 취미도 살리고 돈도 벌 수 있는 일석이조의 방안 같은 것이지. 이를테면, 소리꾼을 양성하여 장시에서 큰 인기를 모으게 하여 돈을 벌어보자는 생각이여."

"예술과 장터라…… 공존할 것도 같고, 어울리지 않을 것 같기도 하고 하여튼 참신한 생각인 것만은 분명하네."

"연상, 자네가 참신한 생각이라고 하니 용기가 생기네 그려. 요즈음 활성화되는 장시는 여러 가지 기능을 하고 있다고 봐. 그래서 그것을 유용하게 활용하려고 하는 것이야. 장시는 경제적인 공간이지만, 국가적으로는 빈민 구제의 중요한 역할을 떠맡고 있기도 하잖나?"

"그렇지. 장시는 세상을 크게 바꿔나가고 있어. 미래에는 어떻게 변할지 알 수가 없지. 마치 코끼리 같은 것이여. 어느 부분에서만 바라보아서는 결코 전부를 파악할 수 없는 물건인 것이지. '장님, 코끼리 잔등 만지기'라는 말이 있잖은가?"

"다른 한편으로 장시는 정치적인 기능도 한다네. 또 정보를 수집하고 공론화하는 광장이기도 하다네."

"그야 그렇지. 실로 다양한 기능을 하고 있지."

이날 연상 안중섭과 동리 신재효는 양반과 중인계층이라는 신분을 뛰어넘어 수평적인 관계에서 조선이라는 사회의 변화 전망과 장시의 위상에 대해 긴 시간 대화를 나누었다. 이미 장시는 물산이 집산되고 분배되는 곳이기도 하지만, 단순히 상품만이 거래되고 교환되는 공간이 아니었다. 물건을 팔기 위한 상인과 좋은 물건을 구입하려는 소비자가 만나는 공간이기도 했다. 인근 여러 지역에서 사람들이 모여들기 때문에 인간과 인간, 지역과 지역, 정보와 정보가 연결되고 교환되는 과정에서 새로운 인간관계의 망이 구축되는 공간으로도 활용되었다. 그곳은 당 시대의 가치관과 풍속이 형성되며 사회에 대한 불만과 비판의 목소리가 자연스럽게 표출되어 사회변혁의 실마리가 제공되는 복합적인 공간이기도 했다. 장시는 많은 사람이 모여 들기 때문에 조선 후기에 빈번하게 일어난 여러 민란과 농민운동에서 장날의 장터가 집회장소로 자주 이용되었다는 점도 간과할 수 없는 현상이었다. 신재효는 장시에서 일어나는 이러한 움직임에 대해 오랫동안 세세하게 관찰하고 있었다. 운이 좋게도 그는 아전신분이었으므로 장시의 흐름을 조절하고 통제할 수 있는 권한을 쥐고 있었던 것이다.

"동리, 우리가 주목해야 할 것은 장시가 그동안 조선의 병폐였던 수직적인 사회를 수평적인 사회로 돌릴 수 있는 중요한 기능을 하게 될 것이라는 전망이여."

"연상, 나도 그 점에 대해 많은 생각을 하고 있었네. 정조 대왕께서 노비제도를 혁파하고 신해통공을 실시할 때부터 세상은 경천동지할 만큼 변화하기 시작했거든."

"맞아. 정조 대왕께서 좀 더 사시면서 개혁정책을 펼 수 있었다면 엄청난 변화를 유도했을 것인디."

"조선도 점차 수평적인 사회로 변화할 것이고, 남성과 여성의 관계에도 변화가 요구된다고 볼 수 있지."

"그래. 이제 남존여비적인 인식은 깨져야 한다고 봐. 남편이 죽었다고 따라 죽는 여자가 존경받는 사회는 없어져야 해. 또 임진왜란이나 병자호란 때 봤지만, 피난 가던 사대부가의 여인이 뱃사공이 손을 잡아주어 배를 타게 되어서 순결이 더럽혀졌다고 물에 투신한 여인이 부지기수였다고 하는 자체가 말이 안 되는 현상인 거여."

"연상, 참으로 좋은 사례를 들었어. 성리학이 바탕이 된 조선 사회는 많은 문제점을 야기한 거여. 이제는 모든 제도와 규범이 점진적으로 바뀌어야 할 때가 되었어. 그러한 변화의 출발점이 장시가 되고 있다는 점은 희망적이라고 보네."

"언젠가 들었는데, 요즈음 농부들은 장터에 가는 것이 하루 일상생활이 되고 있다는 거여. 그들의 최대의 즐거움이 장을 보러 가는 일이라네…… 그래서 5일마다 열리는 장날만을 기다린다는 거여."

"그렇지. 그것은 큰 기쁨인 것이지. 장이 열리면 그곳에서 자기가 산출한 농산물을 들고 나가서 갖고 싶은 다른 수공예품으로 바꾸는 과정에서 자신의 의견을 풀어놓고 상대방의 견해도 들으면서 물산을 교환하기 때문이야. 장터는 물건을 사고팔고, 행상을 하고 주워들은 남의 얘기를 늘어놓는 것뿐만이 아니라, 심심풀이로 술을 마시고 싸우는 일도 허다하다고 들었어. 어떤 이는 옷감을 사기 위해 집에서 돈을 들고 나갔다가 빈털터리가 되어 돌아와서 마누라한테 쫓겨날 뻔하기도 했다고 하는 이야기를 들었어. 그래도 그 농부는 마냥 즐거웠다고 하더군. 왜냐하면 매일같이 반복되는 무료하고 단조로운 일상으로부터 벗어날 수 있기 때문이제."

"그렇게 보면 장시는 백성들의 문화적 공간으로 커

나갈 가능성이 농후한 거여."

"주막에서 술도 한잔하고 세상 돌아가는 이야기도 듣는다는 것은 큰 기쁨이 될 수 있을 거야."

"그렇고 말구. 도부꾼들을 통해 다른 고을 이야기나 한양 소식을 들을 수 있는 행운도 누리게 될 가능성이 높아. 임금님이 있는 한양은 자신들과는 상관없는 마치 천상과도 같은 세계였는데, 이제 그곳도 바로 자신과 같은 인간이 사는 지상세계라는 것을 확인할 수 있게 된 것이제."

"왕실이나 조정에서도 장시라는 공간을 많이 활용하고 있지 않나? 이를테면, 왕의 윤음이나 정령을 반포하는 곳으로 장시를 사용하고 있을 뿐더러 지방수령들도 필요한 정보를 수집하는 공간으로 인식하고 있지."

"아무래도 장시가 일반 백성들이 자연스럽게 많이 모이는 공간이니까 그 장소를 홍보의 장으로 이용하는 것은 당연하다고 본다네. 조정은 백성들에게 필요한 정보를 제공할 때 행인의 왕래가 잦은 통구(通衢, 사방으로 통하여 왕래가 번잡한 큰 길)나 점막(店幕)에 관련 내용을 게시하거나 장시의 개설일을 통해 윤음을 반포하곤 하는 거야."

"조정 대신뿐 아니라, 사회에 불평불만을 품는 자들이나 개인적인 억울함을 가진 자들도 장시를 이용하는 경우가 많지 않나? 이를테면 장시에 괘서(掛書)나 벽서(壁書)가 나붙는 경우가 많거든. 괘서는 장시나 포구(浦口) 등 사람이 많이 모이는 길목에 부착되어 민심의 선동과 불만의 분출을 통해 집권층에 간접적인 타격을 가하는 저항수단으로 이용된 경우가 많제."

"물론 역으로 사람이 많이 모이는 장시 개시일에 맞춰 모반자들을 효수에 처하는 경우도 많지 않은가? 예전에 홍경래의 난을 진압한 후 봉기군에 협조한 지방관과 진압군의 지휘부 인사들을 장시에서 교수형에 처한 경우가 있었어. 장시에서 역모자를 효수하여 모반죄에 대한 엄벌을 가함으로써 백성들에게 경각심을 불러일으키려고 하는 것이야."

장시는 이렇게 정보수집의 기능과 함께 모반을 행하는 자를 경계하고 징벌하는 정치적인 기능도 맡고 있었다. 특히 사회질서를 흔들고 혼란시키는 무뢰배나 도적의 무리들에게 징벌을 가하고 경계하는 홍보효과도 장시를 통해 이루려고 한 것이다.

"연상, 장터는 백성들에게 놀이공간으로서의 기능도 하고 있어. 상인뿐만이 아니라 일반 서민들이 투전이나 골패를 하면서 소일하는 경우도 많지 않은가?"

"동리, 투전이나 골패는 양면성을 지니고 있다고 볼 수 있지. 지방 수령의 입장에서는 노름꾼을 양산하여 패가망신하는 서민들을 만드는 범죄의 일종으로 파악하는 경향이 강한 반면, 서민들의 입장에서는 일종의 놀이로 잡기의 일종으로 보는 입장이 강하거든?"

"맞다네. 장시가 점차 상업 유통의 공간으로 떠오르고 동전 유통의 활성화가 이루어짐에 따라 빈손으로 노름판에 들어와서 노름빚을 지는 사람도 나타나고, 그들에게 노름돈을 대주면서 전문을 작성하고 배이상의 이자를 붙여 문권을 작성하여 큰 부를 취하는 무뢰배들도 등장하고 있어서 골칫덩어리가 되고 있는 것이야. 노름빚은 결국 그 부모처자가 대신 갚아야 해서 가산이 기우는 경우도 많지 않나?"

"지방관아의 좌수·별감이 골패 노름꾼들에게 노름돈을 빌려주고 이식을 붙여 문권을 작성하여 물의를 빚는 경우도 있지 않나? 이러한 현상은 장시의 역기능이라고 할 수 있을 걸세."

"동리, 문제는 투전·골패와 같은 잡기와 더불어 주막이나 점막에서 술판까지 벌이면서 도박과 술주정이 정도를 넘어서서 싸움판으로 변질되는 경우가 많다는 점이여."

"연상, 그러한 부정적인 일들이 장시에서 벌어지는 것은 분명하지만, 장시의 개시일에 지역의 노인이나 효자, 열부를 불러 모아 음식을 대접하거나 걸인들에게 먹을 것을 제공하는 행사를 펼치는 훈훈한 장면도 많이 볼 수 있지 않나? 장시의 긍정적인 효과도 많이 있다고 할 수 있다네."

"물론이야. 장터의 좋은 점도 많지만, 장시가 활성화되면서 폐해도 많이 드러나고 있는 것은 분명한 사실이야."

신재효는 안중섭이 양반의 입장에서 장시의 부정적인 측면을 많이 부각시키는 것에 대해 반박을 하고 장터의 놀이공간으로서의 기능과 구휼을 담당하는 긍정적인 사례에 대해서도 이야기하려고 노력한다.

"연상, 자네도 잘 알겠지만, 요즈음 장시에서는 사당패나 걸립패들의 공연이 많이 행해지고 있지 않은가? 그것은 어떻게 생각하는가?"

"새로운 농법의 등장으로 농업생산력이 발전됨에 따라 노동력을 크게 절감하게 되었어. 농사를 지어봤자 배고픔을 해결하지 못한 양민이나 노비들이 도망쳐 나와서 유랑민이 되거나 떠돌이 비렁뱅이가 되어 장터로 흘러들어오고 있는 것도 사실이야. 이들 중 일부가 무리를 지어 사당패나 걸립패를 만들어 전국 각지를 돌면서 그 지역의 풍물이나 민속놀이를 배워서 장터에서 공연을 벌이는 거야. 장시란 것이 볼거리가 있어야 사람들이 몰려들거든. 그래서 그들은 사람들을 몰아온다는 핑계로 상인들에게 돈이나 물품을 요구하고 있는 것이야. 좋게 말하면, 시장 활성화를 위한 공연은 필요충분조건이라고 할 수 있겠지."

"맞아 그렇게 볼 수 있을 거야. 새로 장시가 개설되거나 흥행이 되지 않는 장시를 좀 더 활성화하기 위해 상인들이 추렴하여 '난장'이 벌어지도록 후원하는 경우가 많거든. 이때 남사당패놀이나 보부상들의 씨름이나 윷놀이 등의 민속놀이가 펼쳐지는 거야."

"그래. 풍물패의 놀이는 많은 볼거리를 제공하여 사람들을 불러 모으는 기능을 하고 장터를 축제의 공간으로 변신시키고 있는 것은 분명하다네."

"연상, 내가 착안한 것은 바로 그러한 점이야. 장시의 활성화를 꿈꾸는 대상이나 객주들의 참여로 상업적인 유흥문화가 자리잡게 되었다는 점에 관심을 가지고 있어. 놀이패들은 여러 지역을 돌면서 가곡·음률·별곡·판소리·줄타기·땅재주·정재(呈才)놀음·배회(俳戲)·무가(舞歌)·괴뢰희를 펼치고 있어. 그들은 대개 사찰과 관련을 맺고 있는 것을 내세워 각 지방의 장시를 돌며 연희하며 걸립하거나 기금을 모으기도 하는 거야. 이들이 연행하는 주 무대는 바로 일정한 거리를 두고 날짜를 달리하며 개시되고 있는 장시라는 점이야."

"놀이패들과 대상, 객주들의 이해관계가 맞아떨어진 거야. 이윤추구라는 동일한 목적이 있거든."

"맞아. 바로 그것이여. 내가 판소리나 민요, 잡가를 잘하는 기생들을 모아서 연예 상단을 꾸리려고 하는 이유도 이러한 장시의 번창과 밀접한 관련이 있는 거야. 그것은 전통음악을 보존하는 기능도 하면서 새로운 연예집단을 창조하는 역할도 하는 것이 되겠지."

"동리, 자네는 역시 머리가 좋은 사람이야. 시대의

변화에 대한 능동적인 대처능력도 갖추고 있으니……
연예 상단이라는 말 자체가 신선하군. 청나라에서는
경극이 인기가 있다고 들었어. 조선에서도 자네 같은
사람에 의해서 최초로 연예집단이 꾸려지게 되겠군.
참으로 기발한 생각이야. 큰 성공을 거두게 될 걸세."

　신재효는 예술에 상당한 식견을 가지고 있는 연상
안중섭으로부터 칭찬을 듣게 되자 용기가 났다. 정조
대왕 이후 조선에서는 중국으로부터 수입된 문물과
물산을 통해 사치풍조가 만연되는 양상을 보였다. 종
로 저잣거리에서부터 청나라와 일본으로부터 수입된
고급스런 물건들이 도시 부유층들의 취미적인 문화적
욕구를 충족시키면서 불타나게 팔려나가고 있었다.
차나 향, 집안을 장식하는 가구, 문화생활과 관련된
각종 문방구와 골동서화가 바로 그것이다. 이러한 사
치풍조에는 명청의 저작물인 문진형의 『장물지』, 도
융의 『고반여사』가 조선후기에 수입되어 양반 사대부
계층과 식견 있는 서얼중인계층에게 널리 읽히며 펴
져나가게 된 것과 연관성이 있다. 『장물지(長物志)』는
주거공간 · 화훼 · 수석 · 새와 물고기 · 서화 · 가구 ·
의상과 탈 것 · 향과 차를 다루고 『고반여사(考槃餘事)』

는 서화·문장도구·악기·향과 차·분재·정자·의상을 자세하게 다루고 있다. 신재효와 안중섭이 시수창모임을 여는 등 의기투합한 것도 이러한 풍조의 영향 때문이었다. 바로 전대의 이인상, 남공철 등은 검·골동·자명종·벼루와 거문고·인장을 비롯한 기물을 즐겼다. 특히 정조·순조 연간의 남공철은 고서각이나 서화각, 분향관과 같은 고상한 취미를 연상시키는 저택에서 향을 사르고 거문고와 바둑판을 곁에 두며, 정원을 경영하고 화초나 수목을 가꾸며, 벗들과의 아취가 있는 모임에서 패관이서와 고금의 경사를 담론하며 지내는 고동서화의 고급문화를 소비하는 고상한 취미생활을 즐겼다. 이러한 상류계층의 시서예를 즐기는 풍조는 장시의 번성과 더불어 중인계층과 서민계층에게까지 폭넓게 문화생활을 욕구하는 풍조를 가져왔다.

자신감을 얻은 신재효는 고창 읍내의 자신의 서재의 사랑방을 개조하여 판소리교육장을 마련하고 전라도 각지에서 창자들을 불러 모았다. 주로 여성창자들이지만, 소수의 남성창자들도 있었다. 진채선·채란·선아·계향·운아·명옥을 비롯하여 이경태가 모여들었다. 또 이들을 가르칠 창자로는 이날치, 김세종과 장재백이 합류하였다. 처음에는 10여 명에 지나지 않았지만 점차 신재효의 사랑방이 명성을 얻어가자 20여 명 이상의 교육생이 참여하였다. 신재효는 이들에게 우선 양반 사대부들의 규범인 군자의 도를 가르치는 데 주력했다. 즉 판소리 명창이 되는 것에 앞서 인간으로서의 품격을 갖출 것을 주문했다.

"옛날 선비들은 '사품'이라 하여 청빈과 근검절약을 덕목으로 삼고, 옳은 일이면 어떤 어려움이 닥치더라도 앞서 감행하며, 일신의 이해에 좌우되어 지조를 바꾸지 아니하고, 욕망이나 욕구를 절제하는 것으로 본으로 삼았다네. 잘 알겠는가?"

"네에, 사품을 매일 실천하도록 하겠습니다. 그 중에서 청빈과 근검절약이 최우선임을 잘 익히겠습니다."

동리는 제자들에게만 청빈과 근검절약을 가르치는 것이 아니라 자신 스스로 청빈과 근검을 좌우명으로 삼아 그것을 실천하려고 노력했다. 낮에는 침상에 눕지 않고 밤에는 불도 키지 않으려고 했으며, 가마와 말도 타지 않고 가까운 거리는 주로 걸어서 다녔다.

떨어진 신발을 신고 다니기 일쑤였고, 낡은 삿갓을 오랫동안 쓰고 다녀서 사람들이 손가락질을 할 정도였다. 심지어 부친의 묘를 이장한 후 오랫동안 아무런 석물을 세우지 않다가 집안사람들이 말을 하자 마지못해 부친 사망 후 20년 후에야 석물을 마련하기도 했다. 이렇게 선비로서의 참된 본성을 지키니 자연스럽게 재물이 불어났다.

"『논어』에서 공자님은 군자가 행할 아홉 가지 생각을 거론했느니라. 사물을 볼 때는 명확히 보려고 생각하고, 들을 때에는 총명하게 들을 것을 생각하며, 안색은 온화하게 할 것을 생각하고, 태도는 공손하게 할 것을 생각하며, 말은 성실하게 할 것을 생각하고, 행위는 신중히 할 것을 생각하며, 의혹이 생기면 질문할 것을 생각하고 화가 날 때에는 나중의 재난을 생각하며, 이득을 얻게 되면 정당한가를 생각하였다. 너희들도 아홉 가지 생각할 것을 실천할 수 있겠는가?"

"여분이 있겠습니까? 선생님의 분부대로 행하겠습니다."

"또 군자는 예를 갖춰야 한다. 예란 사람이 마땅히 지켜야 할 의칙을 말하는 것으로 예의와 예절을 주문한 것이다. 『예기』 곡례편을 보면, 무릇 예라는 것은 어떤 사람을 만나든지 나를 낮추어 다른 이를 높여 주는 것(禮者, 自卑而尊人)이라고 했다. 예는 자신을 낮추는 것을 숭상하는 것이라고까지 하였다. 단순히 나를 낮추는 데에서 한 단계 더 나아가 그 낮춤을 숭상하는 데에 이르러야 한다는 것이다. 그러나 예란 일정한 절도를 넘지 않으며, 다른 사람을 침해하여 업신여기지 않으며, 지나치게 친한 것을 좋아하지 않는 것이라고도 했다. 친한 사람들 간에는 자칫 예를 잃기 쉽기 때문이다. 또, '과공(過恭)은 비례(非禮)'라고 했다. 지나치게 공경하는 태도를 보이는 것 역시 예가 아니라는 말이다. 판소리와 민요를 공부하는 것도 모두 예를 갖추는 데에서 출발한다. 잘 알겠는가?"

신재효는 제자들에게 신분을 뛰어넘어서 양반 사대부계층 못지않게 예의범절을 가르치려고 노력했다. 공자가 군자의 도를 제자들에게 전수하려고 한 것처럼 자신도 제자들에게 예술의 도를 깨우치게 하려고 심혈을 기울였다.

"공자님은 '예절이란 사치스럽기보다는 차라리 검소한 것이다(禮與其奢也, 寧儉也)'라고 말씀하셨다. 이

말의 뜻을 이해하겠는가?"

계향이가 손을 들어 스승의 질문에 대해 답을 하려고 한다.

"공자님 말씀의 뜻은 예절이라고 해서 격식을 높여서 하는 것이 아니라 자신의 처지에 맞게 폐단으로 흐르지 않고 실제 생활에 적용되기를 희망한 것으로 보입니다."

"잘 이해를 했느니라. 공자님께서 예절의 검소함을 강조한 것은 바로 격에 맞는 예를 말한 것이라고 할 수 있다. 예라는 것은 멀리 있는 것이 아니라 너희들의 마음속에 있고 너희들의 몸가짐 안에 있는 것이다. 알겠는가?"

"네에, 공자님의 말씀을 잘 받들어 실천하도록 하겠습니다."

"오늘은 예를 배우는 김에 좀 더 깊이 진도를 나가 맹자의 '인의예지(仁義禮智)'에 대해 배우도록 하겠다. 너희들에게 좀 어려울 것인데, 쫓아갈 수 있겠느냐?"

"선생님의 가르침에 어떤 난관이 있겠습니까? 물 흐르듯 따르겠습니다."

"맹자는 다음과 같이 얘기 했느니라. '인개유불인인

지심(人皆有不忍人之心)'이라. 즉 사람은 누구나 남에게 차마 하지 못하는 마음이 있느니라. 선왕이 불인지심이 있어서 곧 남에게 잔인하게 하지 못하는 정치가 있다. 정치인이 불인지심을 가지고 남에게 잔인하게 하지 못하는 정치를 한다면, 세상을 다스리는 일은 손바닥 위에서 움직이는 것처럼 쉬울 것이다. 그러면 사람이 남에게 대해 불인지심(不忍之心)이 있다고 하는 것을 어떻게 알 수 있는가? 그것은 간단하게 확인할 수 있다. 지금 어떤 사람이 길을 가다가 어린 아이가 우물에 빠지려고 하는 것을 본 순간 달려가서 그 아이를 건지려고 노력함에서 확인이 된다. 어린아이가 우물에 빠지려고 하는 것을 보았을 때 놀라고 측은한 마음이 생겨서 붙들려고 하는 것이다. 이러한 행동은 어린아이의 부모와 어떤 친분이 있어서 그런 것도 아니요, 동네 사람들과 친구로부터 칭찬을 받기 위함도 아니요, 그냥 내버려두었을 때 원성을 듣기 싫어서 그런 것도 아니다. 이러한 것을 살펴볼 때, 측은지심이 없으면 사람이 아니요, 수오지심이 없으면 사람이 아니요, 사양지심이 없으면 사람이 아니요, 시비지심이 없으면 사람이 아니니라. 측은지심은 인의 단서요, 수

오지심은 의의 단서요, 사양지심은 예의 단서요, 시비
지심은 지의 단서이니라(惻隱之心, 仁之端也. 羞惡之心,
義之端也. 辭讓之心, 禮之端也. 是非之心, 智之端也.). 사람
들이 이 사단을 지니고 있는 것은 마치 몸에 사지가
있는 것과 같은 것이다(人之有是四端也, 猶其有四體也.).
너희들에게는 내용이 좀 어렵지만, 깨달으려고 노력
해야 하느니라.”

“네에, 맹자님의 가르침을 마음속에 새기려고 노력
하겠습니다.”

신재효는 제자들에게 인성의 본질과 우주의 질서를
이루는 이념적 체계에 대해 유교적인 가르침을 통해
설명하려고 노력했다. 이러한 인간성에 대한 기본 소
양교육에 치중한 이유는 그 자신이 유교적인 합리주
의자였기 때문이다. 신재효가 다음으로 중시한 것은
‘시서화에 대한 교육’이었다. 유학에서는 전통적으로
특정한 사물에 대한 탐닉과 그로 인해 파생되는 즐거
움의 향유는 물질적이고 감각적인 좋지 못한 쾌락으
로 규정하였다. 쾌락의 향유는 점잖은 사람이 피해야
할 유혹으로 간주되었다. 외물(外物)을 즐기다가 소중
한 자기의 본심을 잃어버린다는 완물상지(玩物喪志)란

말이 그 관점을 대변한다. 완물상지란 말에서 물은 인간에게 쾌감을 느끼게 하는 사물과 행위를 가리킨다. 유학에서는 마음이 쾌락을 느끼는 어떠한 것도 탐닉에 빠질 위험성을 지니고, 탐닉은 한 개인에게는 본연의 임무를 망각하고 방기하여 정신적 공황상태를 불러일으키며, 그것이 확대되면 그가 속한 사회와 국가를 혼란으로 몰아갈 폐단을 야기한다고 경고해왔다. 대표적으로 율곡 이이는 "학문하는 자는 한결같이 도를 추구하여 외물에 굴복당해서는 안 된다. 올바르지 못한 외물은 일체 마음에 머물지 못하도록 해야 한다."라고 말했다. 그에 따르면, 물에 대한 사랑은 도의 추구를 방해하는 장애물인 것이다. 자연스럽게 작은 물건에 기호를 갖는 것조차 경계의 눈초리로 보았던 것이다.

그런데 조선 후기 들어 그 같은 완고한 의식의 억압에서 벗어나려는 시도가 다양한 형태로 등장한다. 고아한 예술과 사물을 점잖고 부드럽게 즐기는 선비들의 수가 늘어나고, 그 활동을 긍정하는 시각이 공개적으로 표명된다. 조선 후기의 지적인 부유층에 가장 친숙한 취미활동은 문방도구와 서화골동품을 즐기는 것이었다. 기술직 중인은 직업적 특수성과 행정실무 경험에 의해 그림이나 글씨에 능력을 발휘하였고, 한문에 대한 조예로 한시에 두각을 나타내기도 했다. 양반 사대부의 교양필수이던 시·서·화가 중인 가문의 직업 세습 관행과 통혼권 형성에 따른 재능의 유전 현상에 의해 자연스럽게 중인들의 진출 분야로 되었다. 19세기 조선 사회에서 중인 출신의 시·서·화 삼절이 많이 배출되는 현상이 나타나기도 했다.

"너희들은 우선 문방사우를 항상 벗으로 삼아야 한다. 먹·벼루·붓·한지를 가까이 두고 필법을 익혀야 하느니라."

"네에 선생님의 가르침대로 필법에 통달하겠습니다. 그래서 붓을 사용할 때, 가벼움과 무거움, 빠르고 늦춤, 기울고 바름, 곡선과 직선의 균형을 이루도록 하겠습니다."

"또 붓을 잡는 법인 집필법과 붓의 움직임에 해당하는 점을 찍고 획을 긋는 방법인 운필을 잘 습득하여야 하느니라. 다음으로 각종 서체도 익히고, 대표적인 서예가인 종요·왕희지·구양순·안진경·소식·황정견·조맹부·동기창·등석여의 필체도 배워서 달통해야 한다."

"'안고수비(眼高手俾, 눈은 높은데 손이 거기에 따르지 못한다는 뜻)'가 되지 않도록 습작을 많이 해서 안목을 높이도록 하겠습니다."

"내가 평소에 존경하는 우봉 조희룡의 말을 그대로 인용해 보기로 한다. '평생에 원업을 짓지 않고 먹을 것이 생기면 먹고 뜻이 다하면 시를 짓는다. 시를 얻지 못하면 모양을 다하여 그림 그리고 반드시 그림이 안 되더라도 여기에 잠시 기댈 뿐이다.'라고 우봉은 말했다. 이 말 속에서는 어떤 의미가 들어 있다고 보느냐?"

모두들 생각에 젖는다. 그 때 진지하게 고개를 숙이며 골몰하게 무엇인가를 떠올리던 진채선이 손을 들어 대답을 한다.

"조희룡의 언중에는 평생 악이 씨를 심지 않고 안빈낙도하면서 시화를 벗 삼아 사는 탈속적인 인생관이 담겨 있어요. 동리 선생님께서도 같은 사상을 가진 것이 아닌가 생각돼요."

"그래 맞아. 성실함과 소박한 인생관을 가져야 시·서·화에 있어서 일가를 이루게 된다는 뜻이 담겨 있다고 할 수 있어. 학예일치(學藝一致)의 경지를 이상으로 삼아 묵묵히 예도(藝道)를 닦아 가는 것이 관건이 될 것이야. 오늘 판소리공부는 목을 푸는 의미로 허두가로 <소상팔경>을 김세종 명창으로부터 배우기로 한다. 심청이 심봉사의 눈을 띄우고자 공양미 삼백 석에 몸이 팔려 배를 타고 인당수에 인제수로 죽으러 가는데, 강안에 소상팔경의 좋은 경치가 펼쳐진다. 웅장하고 화평스러운 경치를 느린 진양 장단에 장엄한 성음인 우조로 잘 그려낸 대목이다. <소상팔경> 뒷 대목은 심청이 배를 타고 소상팔경을 지나 인당수로 가는 길에 중국의 열녀, 한을 품고 죽은 여인들의 혼령들이 나와 심청을 위로한다. 처음에는 진양조로 소리하고 뒤에는 중모리로 장단을 바꾸어 장단의 변화를 주고 있다. 한을 품은 혼령들이 나오는 대목인 만큼 슬픈 계면조로 소리한다. 너희들, 열심히 배워서 목이 트이도록 해야 한다."

(진양) 망망헌 창히이며 탕탕헌 물결이로구나. 백빈주 걸머기는 홍요안으로 날아 들고, 삼상의 기러기는 한수로 돌아든다. 요량헌 남은 소리 어적이 긔연마는 곡종인불견으

수봉만 푸르렀고, 이내성중만고수는 나를 두고 이름이라.
장사를 지내가니 가태부는 간 곳 없고, 멱라수를 바라보며
굴삼여 (어)복충혼 무량도 허도던가? 진회수를 건너가니 격
강의 상녀들은 망국한을 모라구서 연롱하수월롱사 후정화
를 부르더라. 소상강을 들어가니 오산은 천첩이요, 추수는
만중이라. 반죽의 젖는 눈물은 이비한을 떨어 있고, 창오산
이는 내는 황릉묘의 잠겼구나. 삼협의 잔나비는 자식 찾는
실픈 소래가 천객소인이 몇몇인거나. 눈물 씻고 있는 양은,
팔경 구경 다한 후어 행선허랴고 맹견헐 제, 자하상 석류군
의 신을 끌어 나오더니 심청이를 부르는디, "저그 가는 심
소제야! 니가 나를 모르리라. 나는 다른 사람 아니라, 창오
산붕 상수절이라야 주상지루를 내가멸이라. 요순 후 기천
년의 지끔은 어느 때냐? 오현금 남풍시를 이제까지 전허드
냐? 지극한 네 효성을 위로코저 내 왔노라." 홀연히 간 곳
없다. 어떠한 사람인지, "저기 가는 심소제야! 니가 나를
모르리라. 나는 다른 사람이 아니라, 이주매주허던 석숭의
소에 녹주로다. 불칙헌 조왕윤아, 이 무신 원술런거나. 누
전각사분여설허니 정시화비옥사수로다. 낙화유사타루인은
두 사람의 유한이라. 또 어떤 사람인지, "저기 가는 심청아!
니가 나를 모르리라. 나는 다른 사람이 아니라,

(중몰이) 진루명월 옥소성의 화선허던 농옥이라. 소사의 아내로서 태화산 이별 후의 승용비거 한이 되어서 옥소로 원을 풀어, 곡종비거부지처허니 산하벽도춘자개라."

    <소상팔경>은 신재효 당대의 유명한 광대인 정춘풍의 더늠을 바탕으로 신재효가 개작을 한 단가이다. 중국의 호남성 동정호 남쪽 언덕의 소수와 상강이 모아지는 곳에 있는 아름다운 여덟 가지 경치를 노래한 것이다. 신재효는 이 사설을 수용하면서 팔경의 끝에 '~이 이아니냐'는 동일한 반복 어구를 사용한다. 이는 마치 저물어가고 사라져 가는 것에 대한 아쉬움을 드러내고자 하는 의도가 드러나 있다. 중국의 명승도 이제는 이름을 붙여가며 확인을 해보아야 할 만큼 사라져 가고 있다는 인식이 담겨 있다.

    진채선은 오늘따라 스승인 신재효의 얼굴에 그늘이 드리운 것을 발견하고 의아한 생각이 든다. 항상 자긍심이 넘치고 낙천적인 성격이 아니던가? 언제부터인가 채선의 가슴 속에서는 신재효의 모습이 아른거리기 시작했다. 단순한 사제지간의 관계를 뛰어넘어 묘한 감정의 파고가 넘실거린 것이다. 채선은 잠자리에

누워 하루 일과를 떠올리다가 동리선생이 자신을 물끄러미 바라보던 시선을 의식하곤 몸을 뒤척인다. 왜 갑자기 선생님을 생각하게 되었는지 곰곰이 더듬어본다. 채선에게 스승에 대한 마음이 솟아오른 것은 김상엽과 같은 모리배에 가까운 양반들과 비교되기 때문이기도 하다. 욕망이나 개인적 이익과 상관없이 자상하고 헌신적으로 제자를 보살펴 주는 따뜻한 마음에 감동을 느낀 것이다.

"이러한 묘한 감정은 무엇일까? 내가 선생님을 좋아하게 된 것일까? 아니면 흠모의 정 때문일까? 아무리 생각해도 뚜렷한 형체는 나타나지 않는다. 선생님이 한 남자로서 느껴지는 것은 아마도 내 마음이 공허하기 때문일 거야."

몸을 계속 뒤척이면서도 정신은 맑아지며 잠이 오지 않았다. 채선은 어둡고 차가운 방안의 공기를 느끼며 고개를 들고 주위를 찬찬히 둘러본다. 동료들은 새근새근 하는 숨소리를 내며 잠에 빠져 있다. 간혹 기침을 하는 친구도 있지만, 곧 잠에 취해 소리가 없다. 이 밤중에 그녀만 잠을 이루지 못하고 있는 것이다. 멀리서 소쩍새의 울음소리가 들린다.

"아마 선생님도 같은 생각으로 잠을 이루지 못하고 계실 거야. 내일 용기를 내어 선생님 사랑방을 찾아가 차라도 함께 마실 수 있는 시간을 가질까?"

이러한 행동을 선생님도 기대하며 기다리고 있을 지도 모른다는 사념에 젖는다. 별별 생각을 다해보며, 채선은 자신의 얼굴이 붉어지는 것을 껌껌한 어둠 속에서도 깨닫는다. 왜 당혹스러운, 이러한 연모의 감정이 생겨나는 것일까? 여러 힘든 주변 환경이 자신을 이렇게도 외롭게 만드는 것이라고 생각한다.

"선생님은 여복이 진짜로 없어. 그래서 항상 눈빛이 외로움에 젖어 있는 것일 거야. 그래도 천연덕스럽게 아무 일도 없다는 듯이 저렇게 고고하게 살아가고 계시잖아? 그 빈틈을 내가 홀로 보게 된 것일까?"

채선은 동리 선생이 문득 불쌍하다는 생각이 든다. 사랑의 대상이 사랑의 관계와는 무관한 이런저런 이유 때문에 불행하거나 위험에 처해 있다고 느낄 때 사랑하는 사람은 그에 대한 격렬한 연민의 감정을 느낀다. 채선은 선생님이 아프다는 생각까지 해본다. 그렇다면 그의 불행은 나의 괴로움으로 다가온다. 그가 불행해지는 것을 눈뜨고 볼 수가 없다는 생각에 머문다. 나의 여성적 부드러움으로 그의 아픈 가슴을 품어 주어야 한다는 당위론이 내부로부터 일어난다. 이런 저런 생각으로 새벽을 알리는 닭의 홰가 치는 소리를 듣고서야 잠이 들었다.

잠이 부족하여 얼굴이 부석부석한 채선을 아침식사를 마친 후 신재효가 부른다. 진채선은 속으로 너무 기뻐서 얼굴이 환해진다. 자신이 먼저 동리 선생님을 찾아가려고 했는데, 자신의 마음을 눈치챘는지 먼저 스스로 호출한 까닭이다.

"선생님, 진지 드셨는지요? 문안인사 여쭈려고 합니다."

"그래 아침식사를 잘 했느냐? 예도 공부나 판소리 공부에 어려움은 없는지 궁금하구나?"

"네에, 선생님의 수준 높은 교육방법이 저에게 잘 맞아요. 그리고 소리창을 가르치는 선생님들도 대단한 경지에 도달한 분들이라 배울 점이 많아요."

"그렇게 만족한다니 다행스럽구나. 오늘 너를 부른 이유는 여러 고을의 호장들이 내 문하생들을 초청하는구나. 그래서 한 곳에 너를 파견하려고 하는데, 먼저 네 생각을 물어보려고 불렀단다."

"선생님, 감사합니다. 저를 철저하게 예기로 교육을 시켜주시고 이제는 초청 받은 곳으로 보내주셔서 명창의 반열에 오를 기회를 주시니 감개무량하옵니다."

"이미 몇 년 전에 채란을 영암으로, 선아를 장성으로, 운아를 순창에 보내서 좋은 반응을 얻었다. 이제 채선이가 나가서 과거의 영광에서의 불미스러운 일을 지워버리고 새로운 길을 개척하기를 바란다. 지난번 전주 감영 축하연에서 너희들을 가르치는 김세종·이날치 명창이 각각 100냥씩을 받았는데, 아마 지방관아 호장 주선으로 장터 초청으로 가면 채선이는 족히 200~300냥은 받게 될 거야!"

"선생님의 배려에 보답하는 의미에서도 기필코 큰 소득을 안고 돌아오겠습니다. 오늘부터 며칠 간 남원으로 가서 지리산 자락에서 목청을 트고 오겠으니 허락해 주시기 바랍니다."

"여분이 있나. 자네가 그렇게 소리공부에 매진한다고 하니 당연히 지원을 해야겠지. 비용은 마음에 두지 말고 최고의 소리꾼으로 거듭나서 돌아오길 기대하네. 돌아와서는 바로 영광으로 채비를 차려서 떠나가게나."

"네에. 분부대로 하겠습니다."

신재효는 진채선의 소리공부 길에 무술에도 능한 노복 3명과 말 한 필을 내주고 노잣돈도 충분히 챙겨 주었다. 채선은 신재효의 이러한 제자사랑에 눈물이 났다. 꼭 지리산에서 득음을 하여 선생의 후의에 보답을 하겠다고 다짐을 한다. 조선 후기에 기녀들의 위상은 상당히 높았다. 신분은 비록 천민이었고 지방관아에 소속되어 출입의 제한을 받았지만, 이름을 날린 관기는 평범한 아녀자가 누릴 수 없는 특권을 가질 수 있었다. 일반 평민과는 달리 행차를 할 때 가마를 타거나 말을 타고 다닐 수 있었고, 비단옷과 화려한 장신구나 노리개를 차고 다닐 수 있었다. 머리에는 전모 따위의 입모를 쓸 수 있었다. 관기의 기적에서 물러난 진채선도 그러한 반열에 있었으므로 기녀 못지않은 대접을 받았다. 노비 의석의 호위로 진채선은 말을 타고 남원을 향해 길을 떠났다. 고창에서 정읍을 지나고, 순창과 임실을 거쳐 남원부로 들어갔다. 신재효는 미리 남원부의 관아에 있는 호장 임순득에게 인편으로 서신을 보내 진채선이 소리공부를 위해 지리산 자락으로 가려고 하니 남원부에 진입했을 때 사람을 지원하여 안전하게 일정을 마치도록 도와달라고 당부를 했다. 호장 순득은 진채선이 남원부에 들어오기만을 손꼽아 기다렸다. 진채선으로부터 관아에서의 공연과 남원읍내장에서의 난장 공연에 출연교섭을 하기 위해서였다.

남원은 조선 후기에 전라도에서 전주 다음으로 규모가 큰 대읍이었다. 그래서 남원부사가 지방행정을 책임졌다. 남원진에 속한 고을만 하더라도 담양·무주·순창·임실·곡성·진안·용담·옥과·운봉·창평·장수에 이른다. 남원이 큰 고을인 것을 알 수 있는 것은 아전이 72명이나 있었고, 군관이 50명, 관노가 40명, 관비가 40명이나 있었던 데에서 확인이 된다. 땅도 넓어서 동쪽으로 운봉현과의 경계에 이르기까지 30리이며, 경상도 안의현과의 경계에 이르기까지 1백 10리이다. 남쪽으로 구례현과의 경계에 이르기까지 50리이며, 곡성현과의 경계에 이르기까지 33리이다. 서쪽으로 순창군과의 경계에 이르기까지 37리이며, 북쪽으로 임실현과의 경계가 62리이고, 장수현과의 경계에 이르기까지 60리에 이를 정도로 매우 넓다. 조선시대에 보통 사람의 보폭으로 하루에 1

백리를 약간 못되는 거리를 걷거나 말을 타고 갈 수 있었으니 대강의 거리감각을 느낄 수 있게 될 것이다.

"의석, 이제 남원읍내까지 얼마나 남았는가? 어둡기 전에 들어가야 출출한 배를 채울 것이 아닌가?"

"네에. 이제 곧 순창현의 경계에 도달하니 40여 리 정도 남은 것으로 생각되옵니다. 해가 지리산을 넘어가기 전에는 도달할 것이옵니다."

의석은 진채선이 탄 말고삐를 움켜쥐고 서두른다. 순창현의 접경지대에 이르렀으니 읍내까지 이제 37리가 남았다. 가을 날씨로 하늘은 푸르고 높았고, 산에는 단풍물결로 아름다움을 느끼지 않을 수 없었다. 말에 탄 채선은 풍경에 젖다가도 선선한 바람이 불면, 처량한 생각이 솟아올라 신재효의 다정한 얼굴이 떠올랐다. 동리 선생과 함께 여행길에 올랐으면 얼마나 좋았을까 하는 생각도 들었다. 읍내에서도 목적지인 지리산 구룡계곡 쪽에 도달하려면 운봉현까지가 30리이니까 모두 40리 이상을 더 가야 한다. 할 수 없이 오늘밤은 임순득 호장을 만나 잠자리를 알아봐야 할 것이다. 해가 거의 넘어갈 무렵에야 읍내 관아가 있는 곳에 도착했다. 호장인 임순득은 반갑게 달려 나와서 채선 일행을 맞이했다. 그가 진채선의 진면목을 알아볼 리 없을 터이니 신재효 선생의 명성이 전라도에 미치지 않는 곳이 없음을 다시 확인하게 된 것이다.

"우선 저녁 식사부터 하고 오늘 밤은 읍내 여각에서 잠을 자야 할 것으로 생각되는군요."

"네에. 호장 어른이 계시니 마음이 편안하고 고창 현에서 머무르는 것처럼 느껴집니다."

"소문만 듣던 명창 진채선을 만나니 매우 기쁘다오. 역시 경국지색이오."

"아니 별말씀을 다 하십니다. 남원부 관아에는 훨씬 예쁜 관기들이 많을 것인데, 과찬을 하셔서 송구스럽습니다."

"식사는 무엇으로 하시겠소? 남원에 대한 소문을 듣고 오셨소?"

"네에. 주변에 물어보니까 '지리산 산나물 12찬'이 유명하다고 합디다. 12찬을 맛볼 수 있을까요?"

"물론이지요. 진채선 명창이 맛을 음미한 후, 공연 다니는 전라도의 여러 고을에 그 소문을 좀 퍼뜨려주시겠소?"

"드디어 지리산 산나물 12찬을 먹어보겠군요. 융숭

한 접대에 감사를 드립니다. 고창현에 한번 납시면 동리 선생과 상의하여 제가 최고의 음식으로 보답하도록 하겠습니다."

남원은 춘향의 고향인 동시에 놀부의 고향이기도 하다. <흥부가>에 나오는 놀부 밥상을 보면 매우 호사롭다. '놀부밥상'은 3탕 4육 3어 3근 4곡 6채 3주로 구성되기 때문이다. 3탕은 신선로·꿩탕·삼계탕, 4육은 쇠고기너비아니·흑돼지삼겹살구이·꿩육회·닭가슴살무침, 3어는 굴비구이·고등어찜·갈치구이, 3근은 더덕구이·도라지 무침·인삼, 4곡은 쌀밥·팥밥·조밥·보리밥, 6채는 탕평채·고사리나물·취나물·콩나물·시금치나물·석이버섯, 3주는 춘향주·강쇠주·춘향막걸리를 말한다. 물론 판소리 작품이고 소설이므로 음식 묘사에 있어서 과장이 심하다고 할 수 있으나 궁중에서 임금님이 드시는 수라상보다도 더 호사스럽다. 놀부밥상보다는 훨씬 소박하지만, 지리산 산채 백반에 나오는 산나물 12찬도 일반 백성들이 먹을 수 없는 특별한 밥상이다. 이러한 음식이 남원의 대표음식이 된 것은 지리산이 삼남지방 제일의 약초의 보고이기 때문이다. 지리산 산채 백반은 냉이·달래·민들레·돌나물·참나물·고사리·곰취·물레나물·기름나물·냉초·두릅·바위취의 12종의 산나물로 구성되어 있다. 저녁식사를 마치고 진채선 일행은 호장이 마련해준 읍내장 인근의 여각으로 자리를 옮겨 여장을 푼다. 의석은 지친 말을 마방으로 데리고 가 콩과 풀을 먹이고 쉴 공간을 마련해준다. 아침식사를 하고 호장의 안내를 받아 읍내장으로 가서 공연 장소를 물색하여 판소리 공연을 준비한다. 진채선은 호장의 호의에 감사하며 공연제의를 선뜻 받아들였다. 신재효의 수제자 진채선이 온다는 소문에 읍내장은 인산인해를 이룬다. 보부상들이 파발보다도 더 빨리 통문을 돌려 방을 붙인 모양이다. 장터에서의 입소문은 바람보다 더 빠르게 퍼져나간다.

"오늘 공연은 거의 준비가 없이 즉흥적으로 이루어졌어요 그래서 오늘 읍내장을 찾아주신 손님들은 실수가 있더라도 가벼운 마음으로 경청해주시면 감사하겠습니다."

"여러분들, 멀리 고창현에서 찾아준 진채선 명창에게 큰 박수로 호응해주시기 바랍니다."

임순득 호장이 장터 손님들에게 박수를 유도한다.

고수의 북소리 장단에 맞춰 부채를 한 손에 움켜쥔 채선은 <춘향가> 중에서 사랑가 대목을 한바탕 불렀다.

이리 오너라 업고 놀자. 이리 오너라 업고 놀자.

사랑 사랑 사랑 내 사랑이야. 사랑이로구나, 내 사랑이야.

이이이이 내 사랑이로다. 아매도 내 사랑이야.

니가 무엇을 먹으랴느냐? 니가 무엇을 먹으랴느냐?

둥글 둥글 수박 웃봉지 떼뜨리고, 강릉 백청을 따르르르 부어,

씰랑 발라 버리고, 붉은 점 움벅 떠 반간 진수로 먹으랴느냐.

아니 그것도 나는 싫소. 그러면 무엇을 먹으랴느냐?

니가 무엇을 먹으랴느냐? 당동지지루지허니

외가지 당참외 먹으랴느냐? 아니 그것도 나는 싫소.

그러면 니 무엇 먹으랴느냐? 니가 무엇을 먹으랴느냐?

앵도를 주랴, 포도를 주랴, 귤병 사탕의 혜화당을 주랴?

아매도 내 사랑아. 그러면 무엇을 먹으랴느냐. 니가 무엇을 먹으랴느냐?

시금털털 개살구, 작은 이 도령 서는듸 먹으랴느냐?

아니 그것도 나는 싫어. 아매도 내 사랑아.

저리 가거라. 뒤태를 보자. 이만큼 오너라 앞태를 보자.

아장 아장 걸어라. 걷는 태를 보자. 방긋 웃어라.

잇속을 보자. 아매도 내 사랑아.

부채를 폈다가 다시 접으면서 고수의 장단에 맞춰 발림을 춰가면서 흥을 돋우는 채선의 고운 자태와 우렁차고 낭랑한 목소리에 장에 놀러온 손님들과 상인들은 넋을 잃고 그녀의 창에 빠져든다. 일부 손님은 일어서서 채선의 춤사위에 맞춰 추임새를 추면서 빙빙 돌아간다. 수십 명의 객이 한꺼번에 돌아가니 마치 가을 잠자리 맴을 돌듯이 장터 바닥이 춤 물결로 소용돌이를 친다. 남정네들은 마치 진채선이 자기를 향해 사랑을 구애하는 것으로 착각을 하여 흥취에 젖어 소리를 낸다. 채선이 창을 마치자 관객 모두는 기립하여 한 곡을 더 하라고 '계속해'를 하늘에 대고 외친다.

"한 곡 더 해! 밤새도록 계속하라구."

"뭐 하는 거야. 빨리 소리를 하지 않구?"

주변이 웅성거린다. 어떻게 보면 '들썩거린다'는 표현이 더 어울릴 것이다. 진채선의 인기는 하늘을 찌를 듯하다. 공연을 주선한 호장 임순득도 예상보다 훨씬 호응도가 높자, 기분이 들떠서 얼굴이 발그레하다. 진채선은 단가 <새타령>을 추가로 부른다. 남원 읍내장에 세상의 온갖 새들이 떼로 몰려드는 듯 착각에 젖는다. 환호 소리는 마치 지진이 난 듯이 장터를 뒤흔든다. 한여름 마른 하늘에서 천둥번개가 동시에 내려치는 모양이다. 호장 임순득은 답례로 무려 200냥을 내놓는다. 당대 최고의 판소리 명창 김세종이나 이날치만이 받을 수 있는 출연료이다. 진채선으로 인해 남원 읍내장은 손님이 몇 배 늘어날 전망이다. 채선은 다음 기회에 다시 방문하겠다는 약속을 하고 겨우 길을 빠져 나왔다. 의석은 마방에서 말을 꺼내 바로 지리산을 향해 길을 떠난다.

남원 읍내에서 형세를 살펴보면, 동쪽으로 지리산이 가로막고, 서쪽은 순강이 띠처럼 흐르며, 남쪽은 요천이 지나고 북쪽은 교룡산성에 닿아 있다. 기름진

들녘이 백 리에 뻗친 천혜의 땅이다. 지리산은 읍내 관아에서 동남쪽으로 60리에 있다. 동쪽으로 말의 방향을 틀어 운봉현과의 경계에 있는 여원치를 향해 간다. 약 30리의 길이지만 고개가 험하고 높아서 넘어가는 길이 쉽지가 않다. 육모정에서 12~15리 정도의 계곡이 펼쳐진다. 구룡계곡에는 구룡폭포가 있다. 음력 4월 초파일이면 아홉 마리의 용이 하늘에서 내려와 아홉 군데 폭포에서 한 마리씩 자리를 잡고 놀다가 다시 승천했다고 해서 구룡계곡이라고 불린다. 구룡폭포에서 6리 정도를 정령치쪽으로 올라가면 선유폭포가 나온다. 무속인들이 영험이 있다고 자주 찾아오기도 하지만, 판소리 광대들이 목을 다듬기 위한 수련을 위해 많이 찾아오는 곳이다.

"의석이, 산이 깊어지네. 계곡이 아름다우나 산이 높고 협곡은 깊어서 호젓하니 방비를 단단히 해야 되겠네. 혹 무뢰배라도 나타나면 걱정이 아닌가?"

"네에. 준비를 단단히 하겠습니다. 앞뒤로 호위를 할 터이니 심려 마시옵소서."

"혹 길을 가다가 민가를 발견하면, 어둡기 전에 묵고 가는 것도 좋을 듯하네."

육모정에서 정령치 방향으로 3리 정도를 가면 고촌 마을이 있다. 임진왜란 때 정씨와 이씨가 피난 와서 살게 되었고, 울산 김씨와 한양 조씨도 집성촌을 이루면서 살았다. 워낙 깊은 산중이어서 마을 이름을 '안터'라고 불렀다. 아무래도 날이 어둡기 전에 고촌마을에서 숙박을 하고 아침에 다시 구룡폭포와 선유폭포를 찾아가서 소리단련을 해야 할 것으로 생각되었다. 그런데 정령치를 향해 오르다가 굽은 길을 돌아가는 순간 산적으로 보이는 한 무리의 남자들이 앞을 가로막았다.

"니들은 누구냐? 어디를 가고 있느냐?"

인상착의가 험악하고 수염도 길게 늘어뜨린 것으로 보아 산속에서 기거한 지 상당히 오래된 무리로 보였다.

"저희는 고창현에서 온 사람으로 소리공부를 하기 위해 정령치에 있는 구룡폭포와 선유폭포를 찾아가는 중이오."

"왜 이렇게 늦은 시간에 폭포를 찾아간다는 말인가. 두렵지도 않느냐? 모두들 자기 봇짐에서 소지품을 내려놓고 가진 돈을 모두 꺼내 놓아라. 말은 이리로 끌고 오고……."

의석일행은 몸을 부들부들 떨면서 칼을 든 산적의 말에 순순히 응하는 시늉을 했다. 의석과 다른 노비들도 무술로 단련된 몸이지만, 산적 무리가 20여 명에 이르러 맞상대하기에는 역부족이었다. 모든 노자 돈을 허무하게 털리면 폭포를 거쳐 고창현으로 돌아갈 길이 막막하게 된다. 그 때 진채선이 말에서 내려 산적무리들 앞으로 다가선다.

"너희들 중에 누가 두목인가? 두목과 담판을 짓고 싶다."

일개 아녀자가 당당하게 소리치면서 얘기를 하자 산적들 무리들은 껄껄 웃으며 '하룻강아지 범 무서운 줄 모른다'는 표정을 짓는다. 그 때 체격이 우람한 한 사내가 앞으로 나선다.

"내가 두목인데, 왜 나를 찾는가? 보아하니 애송이인데 겁도 없이?"

"나는 소리꾼인 진채선이란 여자이올시다. 지금 득음을 위해 폭포를 찾아가는 중이외다. 당신들도 보아하니 세상 살기에 적응을 하지 못해 농사짓는 것을 포기하고 산속으로 도망쳐 들어온 것이라고 생각하오.

그렇지 않소? 나를 비롯해서 여기 있는 의석이나 3명 모두 천민신분이외다. 같은 신분끼리 칼을 겨눈다는 것은 모순으로 생각되오. 칼은 다른 계층이나 고관대작들에게 겨눠야 하지 않겠소? 그렇지 않으면, 백성들의 고혈을 쥐어짜는 보부상들의 봇짐을 털어야 큰돈이 나올 것 아니겠소. 우리 같은 피라미를 잡아서 무슨 돈이 되겠소? 내가 남원읍내장에서 판소리 공연을 하고 호장 어른으로부터 받은 200냥을 순순히 내어놓을 터이니 제발 우리를 풀어주시오."

"소리꾼이라? 그럼 우리들 앞에서 소리를 한번 해봐. 우리 무리들에게서 박수를 받으면 그냥 풀어줄 것이고, 반응이 시원치 못하면 산채로 끌고 가서 며칠 가두어 두었다가 산송장을 만들어 버릴 것이니. 어떡하겠냐? 제안을 받아들일 것이냐?"

"당연히 목숨을 거는 소리이니, 최선을 다할 것이외다. 다만, 들고 있는 칼은 내려놓으시오. 원, 무서워서 소리가 제대로 나오겠소?"

진채선은 여자의 몸으로 어디서 그런 배짱이 나왔는지 모른다. 산적의 두목과 거래를 하여 담판을 짓고 있다. '죽으려고 하면 살고, 살려고 하면 죽는다'는 이

순신 장군의 어록이 이럴 때 잘 어울리는 표현으로 생각된다. 진채선은 판소리 <심청가> 중에서 심봉사와 심청이의 이별 장면을 진양조 가락으로 구슬프게 부른다. 이러한 위험한 순간에는 슬프고 구성진 가락이 금수의 마음도 뒤흔들 것이라고 판단했다. 진채선의 소리가 지리산 계곡을 쩌렁쩌렁하게 울리며 메아리쳐서 되돌아온다. 깊은 산중에서 협곡과 삼림에 반사되어 돌아오는 소리라서 그런지 더욱 웅장하게 들렸다. 둘러서서 소리를 듣고 있던 도적들 무리가 모두 슬픈 표정을 짓는다. 마치 자기 자신들이 가족과 헤어져 산속으로 도망쳐 나온 처지로 되돌아간 듯한 분위기이다. 공자가 말한 것처럼 고운 음악은 사람들의 마음을 움직여 순한 생각을 갖게 만든다. 음악은 인간의 심성 깊은 곳에 자리잡은 순박한 성질을 되찾아 가게 작용하는 것이다. 다행스럽게 진채선 일행이 만난 도적들은 흉악한 범죄 집단이 아니라 순박한 농부였다가 억울한 누명을 쓰고 도망쳐 나왔거나 농사가 흉년이 들어 군역을 감당할 수 없어서 산속으로 숨어든 사람들이었다.

"소리가 좋구만. 무슨 노래냐?"

"판소리 <심청가> 이외다. 효녀 심청이가 앞을 보지 못하는 부친의 눈을 뜨게 하기 위해서 공양미 300석을 마련하고자 남경상인들에게 팔려가 죽기 전에 부친과 헤어지는 장면이라오. 어째 들어보니 슬프지 않소?"

"듣고 보니 매우 애잔한 노래이구만. 어찌되었든지 약속한 대로 우리들의 마음을 움직여서 잠시라도 가족들을 생각하게 해주었으니 목숨만은 살려주도록 하겠소. 해가 산 능선을 넘어가서 어둑어둑하니, 우리들 산채로 데려가 잠이나 재워주고 싶으나 산채가 노출되면 혹 관아의 군관, 사령들이 들이닥칠 수도 있으니 그냥 풀어 주도록 하겠소. 앞으로는 위험한 산길을 넘어 다녀서는 절대로 안 되오. 빨리 말을 몰고 산을 내려가시오."

겨우 목숨을 구한 진채선 일행은 득음이고 뭐고 간에 포기하고 근처의 운봉현으로 접어드는 산길을 내려가고 있다. 의석을 비롯한 노비들은 아직도 몸이 사시나무 떨리듯 한기를 느껴 오돌오돌 떨고 있다. 지옥 문턱까지 갔다가 돌아온 느낌이다. 운봉 마을로 접어들어 민가를 발견한 후에야 진채선의 당돌하고도 용맹스러운 행동에 탄복을 한다. 어찌 약한 여자의 몸에서 그러한 배짱이 나올 수 있단 말인가? 하지만 진채선은 음악의 힘을 새삼 깨닫고 득음에 더욱 노력해야 하겠다고 속으로 다짐을 한다. 도적들의 흉악한 마음도 녹일 수 있는 것이 음악이라는 것을 체득한 것이다. 인생의 소중한 가르침을 깨달은 것이다. 하지만 막상 민가에서 겨우 방을 두 칸 얻어 몸을 붙이게 되었을 때, 외로움이 엄습하는 것을 느낀다. 고독을 깨달으니 더욱 스승 신재효가 보고 싶다. 아니 스승으로서가 아니라 한 남자로서 그가 간절하게 보고 싶다. 그의 큰마음 속으로 들어가고 싶어진 것이다. 그리움은 죽음보다 깊은 슬픔에서 여울져 나오는 감정인 모양이다. 이렇게 힘든 고비를 넘기고 나니 남은 삶은 덤으로 사는 기분이 들었다. 그래서 더욱 소중한 삶이 되었고 그러한 삶을 그에게 바치고 싶어진다. 공포와 두려움에 떨어서 그런지 피로가 갑자기 밀려든다. 새벽의 찬 공기 때문에 일찍 눈이 떠졌다. 목숨이 살아 있는 순간, 순간이 중요함을 새삼 느꼈다.

진채선은 아침에 눈을 뜨자마자 어제의 악몽이 되살아났다. 하지만 이대로 주저앉을 수 없다는 생각도 들었다. 이부자리에 누워서 일어나지 않고 여러 상념에 젖어들었다. 갑자기 스승인 신재효가 다시 보고 싶다. 자상한 스승의 말씀도 떠올랐다. 아니다. 그냥 주저앉아서는 안 된다. 자리에서 일어나서 호롱불을 켜고 눈을 감았다. 어떻게 해야 할 것인가? 한참동안 묵상에 잠겼던 진채선은 마음 한 구석에서 떠오르는 강렬한 힘을 느꼈다. "그래, 이대로 하산할 수는 없어." 혼자 독백을 내뱉은 진채선은 다시 마음을 다잡았다. 밖으로 나와서 아침공기를 들이킨 채선은 의석에게 다시 산을 오르자고 말했다.

"밤새 고민했는데, 이대로 하산할 수는 없다는 결론에 도달했어요. 다시 폭포 쪽으로 가야만 할 것 같아요. 위험에 처했는데도 불구하고 이런 결정을 내려 미안해요."

"저희는 아씨의 분부대로 따르겠소. 다시 도적이 나타나면 한 판 붙어야겠죠? 용기를 내세요."

"그래야겠어요. 도중에서 멈추면, 돌아가서 동리 선생님을 어떻게 뵐 수 있겠어요?"

"저희도 마찬가지입니다. 신재효 어른께서 용서를 하시겠어요? 많은 지원을 아끼지 않으셨는데, 댁으로 돌아가는 것은 잘못된 처사로 보입니다."

"불운이 겹치기야 하겠어요? 용기를 내서 폭포를 찾아 길을 떠납시다. 우선 아침이나 먹으러 다 같이 나가요"

식사를 마치고 진채선 일행은 다시 지리산 쪽으로 길을 나섰다. 첫날보다 발은 무거웠지만, 기분만은 상쾌했다. 주변은 단풍이 물들어 비단으로 채색을 해놓은 듯했다. 길을 걷는 것 자체가 산수화의 화폭에 붓으로 점을 찍어 나가는 느낌이었다. 계곡으로 접어드니 천둥번개가 내리치는 소리가 들렸다. 구룡폭포였다. 우렁찬 자연의 지음과 신비스런 용트림에 모두가 압도당하는 느낌이었다. 채선은 부채를 꺼내들고 단가를 하나 불렀다. 하지만 폭포에 묻혀 소리가 잦아들었다. 한 곡을 부르고 다시 한 곡을 부르니 목청이 트이는 듯했다. 하지만 인간의 목소리로 폭포소리를 누른다는 것은 쉽지 않았다. <호남가>를 우렁차게 불렀으나 자연을 압도하지는 못했다.

스승 신재효는 <광대가>에서 광대의 창법의 원리인 사체로 사설·득음·너름새·인물을 제시했다. '사설'은 종합예술인 판소리의 음악적 측면을 말하며,

동리는 '타령'이라는 용어도 사용했다. '사설'은 판소리의 바탕을 이루는 문장을 이르는데, 구체적인 표현, 적확한 묘사, 우아한 가사체 문장이라는 표현을 의미한다. '득음'은 판소리의 음악적 측면으로 사체 중에서도 제일 중요하다고 할 수 있다. 음색과 발성, 소리의 음양이 사실적이며, 소리와 사설의 안팎이 맞아야 한다. '너름새'는 흔히 발림이라고도 한다. 광대가 창하면서 행하는 몸놀림을 말한다. 소리도 중요하지만, 구성지고 맵시 있는 너름새가 상황에 따라서 천태만상으로 열연됨으로써 구경하는 남녀노소 모두를 울게 하고 웃게 만드는 것이다. 동리는 사체 중에서도 '인물'을 제일로 꼽았다. 그것은 역시 소리는 타고나야 한다는 동양적인 운명론에 토대를 둔 것이다. 인물의 중요성을 강조한 신재효는 <광대가> 뒷부분에서 당대에 활동한 8명창을 비롯한 9명의 광대가 노래하는 모습과 특징을 나열했다.

  고금에 호걸문장 절창으로 지어 후세에 유전하니 다 모두 허사로다. 송옥의 고당부와 조자건의 낙신부는 그 말이 정녕한지 뉘눈으로 보았으며, 와룡선생 양보음은 삼장사의 탄식이요, 정절선생 귀거래사 처사의 한정이라. 이청련의 원별이와 백낙천의 장안가며, 원진의 연창궁사 이교의 분음행이 다쓸어 처량사설 참아 어찌 듣겄더냐. 인간의 부귀영화 일장춘몽 가소롭고 유유한 생리사별 뉘 아니 한탄하리. 거려천지 우리 행락 광대행세 좋을시고. 그러하나 광대행세 어렵고 또 어렵다. 광대라 하는 것이 제일은 인물치레 둘째는 사설치레 그 지차 득음이요 그 지차 너름새라. 너름새라 하는 것이 구성끼고 맵시있고 경각의 천태만상 위선위귀 천만변화 좌상의 풍류호걸 구경하는 노소남녀 울게 하고 웃게 하는 이 구성 이 맵시가 어찌 아니 어려우며 득음이라 하는 것은 오음을 분별하고 육률을 변화하야 오장에서 나는 소리 농락하여 자아낼제 그도 또한 어렵구나. 사설이라 하는 것은 정금미옥 좋은 말로 분명하고 완연하게 색색이 금상첨화 칠보단장 미부인이 병풍 뒤의 나서는 듯 삼오야 발근달이 구름밖에 나오는 듯 새눈뜨고 웃게 하기 대단히 어렵구나. 인물은 천생이라 변통할 수 없건이와 원원한 이 속판이 소리하는 법례로다. 영산초장 다스림이 은은한 청계수가 어름 밑에 흐르는 듯 끌어내는 목이 순풍의 배노는 듯 차차로 올니는목 봉회노전 기이하다.

관건은 '득음'이다. 동편제 최고의 가왕 송흥록과 전라도를 대표하는 명창 권삼득은 폭포에 가서 피를 세 번은 토해야 제대로 된 소리가 나온다고 했다. 진채선은 폭포와 맞서 겨뤄야 한다는 소리를 어릴 때부터 귀에 못이 박히도록 들었다. 구룡폭포는 규모가 너무나 커서 남성 창자는 몰라도, 여성 창자인 자신에게는 역부족이라는 생각이 들었다. 규모가 약간 작은 선유폭포로 장소를 옮겼다. 선유폭포로 가는 지리산 자락은 각종 기화요초로 가을이 절정에 물들어 있었다. 뱀사골에서 천왕봉으로 향하는 가파른 길을 넘어서서 굽이굽이 돌아가서야 선유폭포는 모습을 드러냈다. 엄마의 자궁마냥 움푹 안으로 들어가서 바위 사이로 굵은 물줄기를 뿜어내는 선유폭포는 물보라를 자아내어 안개가 피어오르는 듯했다. 흘러내린 폭포 물은 작은 바위틈을 여러 겹 지나 큰 소(沼)를 이루고 있었다. 동시에 주위를 뒤덮은 작은 단풍나무 잎은 앙증맞을 만큼 귀여운 자태를 뽐내고 있었다. 선유폭포는 마치 진채선을 위한 작은 공간으로 생각되었다. 채선은 "바로 여기야!"라고 속으로 외쳤다.

"산신령님, 감사합니다. 이러한 아담하고 깊이 있는

물줄기를 창조해주셔서 저의 소리를 키울 수 있게 해주신 은혜를 잊지 않겠습니다. 목소리가 탁 트이게 도와주소서! 모두들 가져온 포와 술을 내놓고 자리를 펴서 큰 절을 올리게들."

"네에. 아씨의 득음을 위해 정성을 다해 소원을 빌겠습니다."

"소리라는 것은 노력만으로 되는 것이 아닐세. 하늘의 뜻도 매우 중요하니 마음속으로 빌고, 또 빌어주게나."

진채선은 목을 가다듬고 배에 힘을 넣어 폭포소리를 압도하는 창을 한다. 우렁 쾅쾅 굽어 돌아가는 폭포소리는 채선의 피를 토하는 소리에 묻혀버린다. 단가 몇 곡을 부른 후 입에 고인 침을 내뱉으니 피가 섞여 나온다. 다시 컬컬해진 목소리를 가다듬어 <춘향가> 한 대목을 청아하게 부른다. 그녀의 목청은 선들선들 불어대는 마파람과도 같이 산골짜기를 감싸 돌면서 메아리치게 한다. 멈췄다가 다시 창을 하기를 반나절 보내고는 다시 운봉현의 숙소로 돌아왔다. 새벽에 다시 길을 떠나 폭포를 마주하기를 사흘 반복한 후에야 하산을 했다. 남원부 읍내로 돌아가 임순득 어른께 인사를 하고 온 길을 되돌아가서 고창현에 접어들었다. 고창의 산천은 그대로 인데 비해, 단풍은 더욱 짙게 물들어 인간의 풍경이 아닌 듯한 느낌을 갖게 한다. 곧장 신재효 선생에게로 달려간다.

"선생님, 채선이가 돌아왔어요. 그동안 별고 없으셨지요?"

신재효는 제자들에게 창법을 가르치다가 버선발로 마당으로 내려와 채선 일행을 반갑게 맞이한다.

"어디 보자. 먼 길을 다녀오더니 얼굴이 많이 상했구나. 무슨 변고는 없이 잘 다녀왔느냐?"

의석이 앞으로 나와 고개를 숙이며 인사를 하고는 말을 잇는다.

"말도 마십시오. 큰일 날 뻔 했어요. 아씨 덕분에 용케도 위기를 넘기기는 했지만요."

"상세하게 말해 보거라. 무슨 큰일이 났다는 말인가?"

"도둑놈들을 만나서 죽을 고비를 넘겼어요."

신재효는 크게 놀라는 표정을 짓는다. 채선의 몸에 무슨 탈이라도 난 것은 아닌가 걱정스런 모습이다. 오히려 채선이가 당당한 자태를 보여 우려를 씻어낸다.

"큰일 날 뻔 했구나. 천운이다. 그러한 위험 속에서 다시 득음을 위해 산을 올랐단 말이냐? 대단하구나."

"네에 그냥 돌아올 수가 없었어요. 선생님이 어떠한 배려 속에서 저희들을 보내주셨는데요?"

"그래 듣고 보니 용감했구나. 놀라기도 하고, 먼길에 피로도 쌓였을 테니 오늘은 숙소에서 푹 쉬도록 해라."

채선 일행은 신재효에게 큰 절을 올리고 물러나 숙소로 돌아왔다. 다음날 일찍 눈을 뜬 채선은 곱게 단장을 하고 아침을 한 후 스승과 함께 녹차를 마시기 위해 사랑방으로 찾아간다. 다기를 손보고 있던 신재효는 진채선을 반갑게 맞이한다. 우려낸 찻잎을 작은 그릇에 털면서 재효는 다른 손으로 다기에 우려낸 녹차를 붓는다.

"그래, 피로는 좀 풀렸느냐?"

"네에, 선생님의 배려 덕분에 푹 수면을 취하였습니다."

"오늘 아침에 너의 모습을 보니 떠나기 전의 고운 자태로 돌아온 듯싶다. 다행스럽구나."

"선생님, 지리산 선유폭포를 마주하면서 몇 차례

피를 토한 후 제대로 된 자연의 소리를 얻은 듯합니다. 여러모로 감사합니다."

"네가 득음의 경지에 도달했다니 기분이 좋구나. 내일 밤에 제자들을 모아놓고 너의 소리를 감상하는 자리를 마련하려고 한다. 그때 새로운 목청을 선보이도록 해라."

"그동안의 고운 목소리와 달리 컬컬한 수리성을 터득했습니다. 다양한 창법으로 창하는 것이 가능해진 것이지요."

"이제 비로소 제대로 된 광대를 얻은 셈이야. 기쁘기가 이를 데 없구나."

"선생님 앞에서 한 곡조를 부르고 싶어요."

채선은 판소리 <춘향가> 중 사랑가 한 대목을 부르기 시작한다. 재효는 바른 자세로 앉아 채선의 소리에 귀를 기울인다. 확연히 변한 소리였다. 채선의 소리에는 인간사의 희로애락과 자연의 생사가 녹아 있었다. 기대를 하였지만 그 이상의 소리를 내는 채선을 바라보니 흐뭇하였다. 기쁨에 젖어 채선의 용모를 살피던 재효는 채선과 눈빛이 마주쳤다. 채선의 눈동자가 저리도 고왔던가, 재효는 마음을 가다듬고 추임새를 넣었다.

"계속하거라."

재효는 더 이상 채선의 눈동자를 바라볼 수 없어 눈을 감았다. 그러나 채선의 소리는 들리지 않았다. 재효의 마음은 전에 없이 요동을 쳤다. 눈을 감은 채 명을 내리듯 조금 큰 소리로 다시 말했다.

"계속하거라."

말이 끝나기도 전에 재효는 차향의 미세한 움직임을 느꼈다. 치맛자락이 서걱 이는 소리도 들렸다. 나비가 나는가, 꽃이 피는가. 눈을 뜨니 채선이 그렁그렁한 눈으로 재효를 바라보고 있다. 재효가 미소를 지으면서 말한다.

"채선아. 나는 다 알고 있다. 네가 오늘을 위해 얼마나 많은 노력과 인내를 하였는지. 내 너의 재능을 보아 호되게 교육을 시켰건만, 이리 해 내다니. 기특하구나."

진채선은 판소리 사랑가 한 대목을 부르다가 감격에 젖어 신재효에게로 다가가 품에 안긴다. 놀란 표정의 신재효는 흐뭇한 마음에서 제자를 그대로 안고 말없이 앉아 있다. 채선은 그동안 쌓였던 감정이 폭발하

여 흐느낀다. 신재효는 채선의 눈물을 닦아주며 그녀
의 맑은 눈을 바라본다. 재효는 "기특하구나"란 말을
반복한다.

　재효의 말에 이슬이 떨어지듯 채선의 눈물이 뚝뚝
떨어졌다. 재효의 손길이 채선의 볼에 난 눈물 자국을
닦아 주었다. 그 손길은 따뜻했고 채선의 얼굴에 오래
머물렀다. 채선은 마음 깊은 곳에서 숫구쳐 오르는 감
정을 추스르기 위해 재효의 가슴에 얼굴을 깊게 묻었
다. 그간의 모든 고생이 마치 오늘을 위해 준비된 것
같았다. 재효는 급작스런 채선의 행동에 당황하였지
만 채선을 밀쳐내지는 않았다. 아니 그럴 수 없었다.
채선은 저고리 안에서 역동하는 재효의 마음을 느꼈
다. 채선의 등을 쓰다듬어 주는 손길은 이미 뜨거워져
있었다. 채선이 몸을 일으켜 재효를 바라보며 재효의
손을 잡았다. 청아하고 맑은 가을 햇살이 창호지를 건
너와 채선과 재효의 마음을 섬세하게 드러냈다. 재효
는 깨달았다. 이 순간, 내 앞에 있는 채선이 얼마나
소중한지, 움질움질 올라오던 감정을 억누르던 순간
들이 생각났다. 그리고 채선이 원하는 것이 무엇인지
도 알 것 같았다. 하지만 재효는 채선마저 불행하게

할 수는 없다고 생각했다. 채선의 재능을 귀하게 써야한다고 생각했다. 무언가 채선을 밀어내야 한다며 감정이 옥죄여 오는 것 같았다. 그동안 애틋하게 채선을 아끼고 보살피던 사랑과 솟구치는 욕망이 만나는 접점을 느낀 재효는 괴로움에 얼굴을 찌푸렸다. 채선 또한 마음에만 담아두었던 욕망과 사랑의 경계가 모호해진 것을 알았다.

"스승님."

채선이 간절하게 재효를 불렀다. 들릴 듯 말 듯 작은 소리였지만, 그 말은 재효의 마음을 움직였다. 눈앞에 있는 채선을 힘껏 안았다. 채선도 호흡을 멈추었다. 서로를 안은 채 마음이 하나 되기를 기다렸다. 두 사람은 무릎을 꿇은 채 일어섰다. 밀착된 몸에서 채선의 봉긋한 가슴이 재효의 가슴을 지긋이 압박했다. 그들은 마주보며 행복하고 사랑스럽게 웃었다. 채선이 재효의 입술을 살짝 깨물고 핥았다. 재효의 수염이 채선의 입술을 간지럽게 다독였다. 채선의 입술은 따뜻했고 촉촉하였으며 맑은 차 맛이 났다. 재효가 강하게 채선의 입술을 빨았고 혀를 찾았다. 채선은 재효의 혀를 받아들이며 작은 신음을 토했다. 채선의 신음이 또 다른 소리로 들렸다. 그 어느 소리보다 작았지만 그 미세한 소리는 재효의 모든 세포를 열어주었다.

"너의 목소리는 그 끝을 알 수 없구나."

라고 중얼거리면서 채선의 귓불에 얇은 바람을 불어주었다. 채선의 얼굴이 붉어지며 재효를 안은 손에는 힘이 들어갔다. 재효가 채선의 옷고름을 풀었다. 사그락, 채선의 몸에 파문이 이는 것 같았다. 재효가 채선의 저고리를 벗겼다. 채선의 작고 아담한 어깨가 드러났다.

"이것이 달빛이냐, 매화꽃이냐."

재효가 채선의 어깨에 입을 맞추었다. 채선의 어깨가 소리를 하듯 움찔거렸다.

"안아주세요."

신음인지 소리인지 아련하였지만 재효의 마음을 뜨겁게 달구기에 충분하였다.

"향기로운 꽃이 피는구나."

채선이 재효의 귓가에 뜨겁게 속삭였다. 이미 채선의 치마끈이 풀려 있었다. 치마가 사르르 무릎 아래로 내려갔다. 채선의 봉긋한 가슴이 나타났다. 재효가 채선의 가슴을 만지며 채선을 뉘었다. 아, 아침 햇살보다 환한 채선의 몸이 드러났다. 채선은 활짝 핀 꽃처럼 아름다웠고 육감적이었다. 긴 다리로 아랫도리를 가린 채 재효를 기다렸다. 재효도 저고리를 벗고 바지끈을 풀었다. 재효의 몸에 군살이 없었고 작은 체구는 단단해 보였다. 재효와 채선의 거칠고 고운 호흡이 서로 엉키었다. 재효는 손에 쏙 들어오는 채선의 가슴을 어루만지다가 채선의 가늘고 긴 허리를 쓸었다. 재효의 손길이 지나갈수록 채선은 재효를 더욱 세게 안았고 몸에 힘이 들어갔다. 재효는 채선의 따뜻하고 부드러운 길을 찾아 그 안에서 소용돌이 쳤다. 재효와 마주한 채선의 몸은 해초처럼 일렁였다. 그들은 처음이자 마지막일 듯, 그동안 숨겼던 것을 모두 보여주듯 사랑을 나누었다. 채선이 방에 들어올 때 들리던 가야금 조율하는 소리가 지금은 각자 연습하느라 제각각인 소리로, 먼 곳에서 나는 소리처럼 아득하였다.

"때론 미칠 듯 너를 안고 싶었다. 너의 소리만이 아니라 이렇게 너의 모든 것을 갖고 싶었다."

재효의 말이 채선의 온 몸에 고르게 새겨졌다.

"잊지 않을 것입니다. 이 순간을."

건넌방에서 동료들의 가야금 조율하는 소리가 다시

여치소리처럼 사가사각 들린다. 미칠 정도로 자신의 의지와 다르게 그녀를 원하는 몸새를 보고 재효는 움찔 경련을 일으키며 놀란다. 채선도 본능과 진정한 사랑의 경계에서 떨림을 느낀다. 아침햇살을 받으며 채선의 속치마 안의 모든 것이 작은 손동작에 의해 벗겨져 있었다. 너울파도가 멀리서 다가오는 것을 느끼며 채선은 다시 신음소리를 내기 시작한다. 파도는 풍향에 따라 움직이지만, 인간의 욕망은 소용돌이 속에서 방향감각을 잊어버린 채 격동한다. 두 사람의 포개진 몸뚱어리는 마치 먼 바다에 누운 채 바람에 흔들리는 작은 배처럼 요동친다. 채선은 멀리서 문지방을 넘어 들어오는 큰 뱀을 바라본다. 구렁이가 좁은 구멍으로 들어오는 것을 보고 경련을 일으킨다. 까칠한 뱀의 비늘이 몸에 닿는 느낌을 받으며 조용히 눈물을 흘린다. 뱀이 요동칠 때 경기를 일으킨 아이마냥 몸이 떨리는 것을 깨닫는다. 땀으로 미끈거리는 몸을 느끼며 한동안 누운 채 정적을 즐긴다.

그들의 사랑은 잦아들었지만 채선의 몸 안에 그대로 있던 재효가 채선의 얼굴을 쓰다듬었다. 두 사람의 얼굴은 환희와 쾌락에 젖어 있었다. 고요한 정적만이 그들을 지켜볼 뿐이었다. 문틈으로 들어온 햇살이 채선의 겹치마에 비쳤다. 바람이 불어 문이 달그락거렸다. 깍지를 낀 두 사람의 손이 움직이지 않았다. 그들을 위해 시간도 멈춘 것 같았다.

제3부 격랑의 시대 - 농민봉기

횃불시위

날은 상당히 어두워졌다. 겨울이라 해가 일찍 지기 때문이다. 길거리는 휑하고 찬바람도 세차게 몰아쳤다. 윙윙 거리는 바람 소리를 들으며 노비 검동이의 집에 사람들이 한 명씩 모여들었다. 그들의 얼굴표정이 어두운 것은 매서운 겨울날씨 탓만은 아니었다. 돌아가는 상황이 급박한 것이 그들의 마음을 어둡게 만들었다. 어둠 속에서 유계춘이 들어서자 모여 있던 사람들이 반갑게 맞아들인다. 유계춘이 인사를 하자 사람들의 표정에 안도감이 감돌았다. 그만큼 유계춘이 모임에서 차지하는 비중이 크다는 것을 말해준다. 곧이어 정자약도 들어서고, 정내면도 도착했다. 몇 사람이 더 왔으나 이명윤이 아직 안 나타나는 것에 약간의 불안감이 맴돈다.

"왜 이명윤이 안 나타나지요? 무슨 일이라도 난 것인가?"

유계춘이 불안한 듯 주변을 둘러보며 말을 던진다.

"글쎄요. 일찍 온다고 했는데?"

정자약이 며칠 전에 이명윤을 만났을 때 들은 이야기를 한다. 이명윤은 이날 모임이 매우 중요하며 함께 모여서 농민들의 애로사항을 이야기하고 그것을 개선하기 위한 방안제시와 농민항쟁의 조직화가 필요하다고 역설했다. 이명윤은 뒤늦게 참석하여 참석자 모두를 안심시킨다. 유계춘이 사회를 보며 모인 사람들끼리 부세수취 문제와 도결과 통환에 대해 협의를 시작한다. '도결'이란 조선조 후기의 탐관오리들과 탐욕한 이서계층들이 빼돌려 횡령한 환곡의 물량을 확보하기 위해 토지에 부담을 지워 할당하는 곡식을 말한다. '통환'이란 빼돌린 환곡에 대해 가구별로 강제로 분담시키는 할당량을 의미한다.

"지금 환곡의 원곡 결손 문제가 심각합니다. 흉년 때 진휼로 쓴다든지, 모곡을 작전(作錢)한다든지, 원곡을 매용한다든가 하는 운영과정 때문에 생겨난 문제도 있지만, 관청의 재정난 타개를 위해 진분이 늘어나거나 서리들의 중간횡령이 더해져서 농민 부담이 증가된 것이 중요한 원인입니다."

맨 먼저 유계춘이 사회를 보면서 문제의 핵심을 짚어주었다. 다들 수긍하는 자세로 고개를 끄덕였다.

"맞소이다. 문제는 향리들의 포흠입니다. 그들이 환곡을 빼돌리고 횡령하면서 그 부족분을 애매한 농민들에게 덤터기 씌우고 있어요. 이서계층의 포흠문제를 해결해야 합니다. 그러한 문제를 해결하지 않고는 농민들의 등짝은 다시 펴지지 않습니다."

모두들 웅성거렸다. 향리들의 가옥을 파손시켜야 한다고 핏대를 세우는 농민들도 있었다.

"탐욕스러운 이서계층의 집을 부숴버려야 합니다."

"부패한 그들을 제거하지 않고는 근원적인 해결이 되지 않아요."

포흠이란 관가의 물건을 빌려서 없이 하거나 숨기고서 돌려주지 않는 것을 말하는데, 대체로 관원들이

포흠한 것을 '관포', 이서들이 포흠한 것을 '이포'라고
했다. 이서계층들은 지방권력에 기생하면서 부세수취
의 실무자라는 위치를 이용하여 포흠을 자행하였다.
이서의 포흠은 조선 후기로 갈수록 점차 심각한 양상
을 띠었다. 18세기에 이서의 포흠규모가 천 석 정도의
규모였다면, 19세기에는 수천 석에서 수만 석에 달할
정도였다. 중앙정부에서는 이서의 포흠에 대해 강경
하게 대처했으나 세도정치의 여파로 삼정의 문란은
도를 넘어서 어떠한 대처방안도 효용이 없었다. 포흠
서리는 포흠액수에 따라 효수나 원지정배 등 징벌을
했으나 미봉책에 그치고 말았다. 강경한 대책 이외에
도 이서계층에게 연한을 정하여 갚도록 했으나 그 수
봉은 유명무실해지기 쉬웠다. 이러한 현실을 감안해
서 환포의 일부를 탕감하거나 몇 년간 시한을 두면서
이자를 동결시키고 분납하는 조치를 취하기도 했다.
하지만 환곡은 중앙재정뿐만이 아니라 지방재정의 중
요한 원천이었기 때문에 그 부족분을 어떻게든 메우
려고 노력하였다. 국가에서는 환포를 점차 읍의 책임
으로 돌려 읍 차원에서 해결하도록 조치하게 된다. 그
러나 읍에서는 포흠을 범한 자가 죽거나 도망한다든

가 부담능력이 없다는 구실로 지방권력과 결탁하여 빠져나가게 되자 포흠은 민에게 차츰 전가되게 된다. 그래서 농민들의 분노는 참을 수 없는 단계에 이르게 되었다.

가만히 토론과정을 듣고만 있던 이명윤이 드디어 일어서서 의견을 제시한다.

"무조건 강경한 투쟁만 한다고 문제가 해결되는 것은 아니라오. 순리대로 일을 진행시켜야만 후환이 뒤따르지 않는 법이니 단계적인 조치를 취하는 것이 좋겠소"

"단계적인 조치라니요? 온건한 방법으로는 문제의 해결이 요원합니다. 당장 행동해야 합니다."

유계춘은 이명윤의 온건한 대응방법에 핏대를 세우며 반발했다. 다른 농민들도 유계춘에 호응하는 태도를 보였다. 조용히 앉아서 진행과정을 살펴보던 정자약이 일어서서 발언을 했다.

"처음부터 강경하게 대응하는 방안은 매우 위험하오. 관의 대응도 살펴보면서 행동하는 것이 바람직합니다. 저는 이명윤 씨의 견해에 동감을 표하는 바이라오. 우선은 감영에 의송을 내서 반응을 살펴보는 것으로 결정합시다."

선비신분인 정자약은 같은 사족인 이명윤의 견해에 동감을 표시하고 나섰다. 하지만 농민계층 참석자들의 반응은 시큰둥하였다. 이명윤이 다시 일어섰다.

"흥분만 한다고 일이 풀리는 것은 아닙니다. 처음에는 단계를 밟아서 행동하다가 감영에서 무반응을 보이거나 불리한 조치를 내릴 때는 강경하게 대처하는 유연한 행동을 하는 것이 앞으로의 사태해결에 도움이 될 것이오 먼저 감영에 의송을 내고 감사에게 읍소를 하는 방안을 취해야 합니다."

하지만 유계춘과 그를 따르는 무리들은 온건한 방안으로는 시간만 보내게 되지 농민들의 고통해결에 도움이 되지 않을 것이라고 목소리를 높였다. 드디어 유계춘이 일어섰다.

"의견이 분분하지만, 온건한 방법으로는 문제해결이 되지 않을 것이오 강경한 대응이 필요한 시기입니다. 저는 환포문제의 해결을 위해 집단적인 시위가 필요하다고 봅니다. 하지만 사족 어른들께서 온건한 방법을 취하자고 제안하니 많은 사람들의 중지를 모으기 위해 진주 수곡장시에 도회소를 차리고 통문을 보내 다시 회합하여 의견을 모으는 것이 좋을 듯하오."

모두들 유계춘의 절충안에 동조를 하는 분위기였다. 이날 모임은 서로의 얼굴을 확인하는 상견례 정도로 생각하고 다음 모임에 꼭 참석하여 문제해결을 위한 중지를 모으자고 다짐하고 헤어졌다. 흩어져서 집으로 돌아가는 길에 농민대표들은 이명윤의 발언에 대해 불만을 제기하고 함께 행동하기 곤란하다는 의견을 주고받는다. 유계춘은 농민참여자들의 말을 전해 듣고 다음 모임에서는 이명윤을 초대하지 않겠다는 의견을 제안하면서 흥분한 사람들을 어루만졌다. 어느새 유계춘이 모임의 좌장 역할을 떠맡는 형국이 되었다.

며칠 후 2월 6일에 수곡 장터에 있는 도회소에서 수곡도회가 개최되었다. 지금까지의 향회와 달리 폭넓게 농민대중들이 집회에 참여하여 의견을 개진하는 민중집회의 성격을 지니게 되었다. 수곡도회에는 지휘부라고 할 수 있는 유계춘과 일부 사족들인 정자약과 그 일행이 참여하였다. 하지만 가장 중요한 것은 도결과 통환으로 고통을 받게 된 많은 수의 농민대중들이 참가했다는 사실이다. 수많은 농민이 참여했다는 것은 군중심리가 결정에 중요한 영향을 미칠 수 있게 되었다는 점이다. 수곡도회에서 의견은 강온투쟁의 두 가지로 나뉘었다.

"읍내에서 집단시위를 해야 합니다. 강경한 대응이 없이는 관 주도의 해결에 의해 모든 문제가 흐지부지되고 말 것입니다."

지휘부를 이끄는 중심인물답게 유계춘이 일어서서 강한 발언을 쏟아냈다. 수많은 군중들은 "옳소!"라는 호응으로 동조를 했다. 화가 난 빈농층과는 다른 목소리도 일부 나왔다. 몰락한 양반층과 새로 장시에서 돈을 모아가던 부민층이었다. 정자약을 비롯한 부민과 선비계층은 온건한 목소리를 유지했다.

"무조건 투쟁한다고 얻는 것이 많아지는 것이 아니라오 우선 본 읍에 정소를 하고 그것이 받아들여지지 않으면, 감영에 직접 호소를 하는 방법도 있지 않소?"

하지만 온건한 목소리는 분노를 표출하는 강성 목소리에 묻혀버렸다.

"지금은 등소를 하는 단계를 넘어섰소이다. 장터로 나가 집단적인 시위를 합시다!"

"옳소! 바로 행동합시다!"

강경한 목소리들이 분출된 후 차분하게 토의를 더 하자는 의견도 나왔다. 무조건적인 시위는 관의 저항을 불러 주모자들만 희생된다는 논리를 주장하는 자들이 나왔다. 몇 사람들이 더 일어서서 냉정을 찾자는 주장을 했다. 유계춘은 모인 사람들이 마음을 같이 하고 힘을 모은 후에야 읍폐를 고칠 수 있으니 굳게 맹세하자고 설득했지만 한번 바뀐 흐름을 돌려세우기가 쉽지 않았다. 강경한 목소리를 주도한 유계춘과 그 일행은 모임의 분위기를 아직 완전하게 장악하지 못했다. 계속 설득했지만 자신의 의견이 관철되지 않자 유계춘은 회합 도중에 먼저 일어서서 퇴장하였다. 유계춘이 퇴장하자 분위기는 더욱 가라앉았다. 온건한 분위기를 주도한 장진기가 일어섰다.

　"모두가 한꺼번에 뛰쳐나가서 집단시위를 하고 몰려다니면서 관가를 때려 부수기는 쉽소! 하지만 그 다음의 대처방안이 무엇이겠소 주모자들만 효수될 것이 분명하고 해결책은 없이 모든 의견이 묵살되고 말 것이오 한번쯤은 물러서서 감영에 호소를 하든가 등소를 하는 것이 옳지 않겠소? 제가 앞장을 설 터이니 의견에 따라주시오 만약에 감영에서 아무런 반응이 없으면 그때는 나도 집단시위에 뒤따르겠소."

갑자기 사위가 조용해졌다. 웅성거리고 술렁이던 분위기가 잠잠해진 것이다. 조그만 목소리로 일단은 등소를 해보자는 견해들이 속출했다. 원래 민중들의 민심은 수시로 바뀌게 마련인 것이다.

"일단 감영에 등소를 해보는 방안이 좋을 듯 하오."

수곡도회에서는 장진기와 조학오를 의송대표로 뽑아 감영으로 파견하였다. 하지만 감영의 감사는 빠른 회답을 보내오지 않고 한양 중앙의 회신을 기다리면서 차일피일 시간을 끌고 있었다. 모임의 강경파들은 분노를 점차 표출하기 시작했고 빈농계층 사람들을 중심으로 동조하는 기류가 형성되었다. 유계춘은 일행들 사이를 파고들면서 설득을 하기 시작했다.

"등소만으로 해결될 일이었다면 모임 자체가 이루어지지 않았을 것이오. 이렇게 앉아만 있으면 시간만 흐를 뿐 아무런 해결책이 나오지 않을 것이오. 집단적 시위와 수곡장의 철시만이 유일한 대안이오. 모두들 따라 나서주시오!"

"옳소!"

"이제 행동합시다!"

강경한 발언들이 뒤를 이었다.

"장시를 철시합시다! 그것으로 안 된다면 읍폐의 원흉들인 책임자들 집을 훼가해서라도 분풀이를 해야 합니다!"

"옳소! 모두 곡괭이와 몽둥이를 하나씩 들고 앞장 섭시다!"

그러나 상황은 급변하였다. 관에서 병사들을 동원하여 우두머리 유계춘을 체포해 간 것이다. 농민들은 흥분하기 시작했다. 감영에 대한 등소는 응답이 없는 가운데 자신들의 지휘부의 우두머리인 유계춘을 급습하여 잡아간 것이다. 유계춘은 우병영 안에 있는 진무청에 구금되었다.

"유계춘 두령이 잡혀갔으니 어떻게 행동해야 하겠소? 이대로 물러나서는 안되겠소"

"모두가 결단을 내려야 할 시기인 듯 보이오. 뭉쳐서 행동해야 합니다."

농민들은 웅성거렸다. 또 이미 몇 차례의 도회를 통해 항쟁방법에 대한 지침을 마련해 두었다. 따라서 유계춘의 즉각적인 체포가 바로 항쟁 지휘부의 붕괴로 이어지지는 않았다. 유계춘은 이미 항쟁의 대중화를 위해 초군들을 모임에 끌어들였다. 당시의 주요 땔감은 나무였기 때문에 나무꾼인 초군은 상당한 조직을 가지고 있었다. 당시 초군의 우두머리는 초군좌상을 맡고 있던 이계열이었다. 이계열은 이명윤과 6촌 친척이었으나 일개 빈한한 농민에 지나지 않았다. 유계춘은 이계열을 농민과 초군의 연결통로의 중요한 인물로 키워나가고 있었다. 이계열이 일어서서 발언을 하였다.

"이제 모두들 몽둥이를 손에 들고 읍내로 행진해 가야 합니다."

"옳소! 모두들 나섭시다!"

"먼저 한글로 방문을 곳곳에 써 붙이고, 인원을 조직적으로 모아서 장시를 접수해야 합니다. 다들 역할을 나눠 맡아서 일을 성사시킵시다."

일단 하루는 집으로 돌아가서 준비를 해서 다시 장터에서 모이기로 결의를 했다. 유계춘의 구금은 농민 대중 모두를 흥분시켰다. 이러한 관아의 조치를 미리 눈치챈 유계춘은 자신의 체포를 염두에 두고 이계열을 항쟁의 주체적 인물로 내정하고 주도면밀하게 준비를 시켰던 것이다.

이계열은 집으로 가서 어머니와 아내 점숙이를 먼저 만났다.

"쇠돌 어미, 미안하오. 이제껏 고생만 시켰는데, 더 큰 불행이 닥칠지 모르겠소. 하지만 우리 아이들한테만은 좋은 세상을 열어주어야 하지 않겠소?"

"걱정이 많지만, 든든한 당신만을 믿겠소. 이러나저러나 죽는 것은 매한가지가 아니겠소."

"너무 걱정 마시오. 이번은 그냥 물러서지 않을 것이오. 농민들의 등골을 휘게 하는 양반들과 이서놈들을 뿌리째 뽑아버릴 생각이오."

"아이를 생각해서 무모하게 행동하지 말고 사족들인 유계춘 어른이나 이명윤 진사와도 상의해서 신중하게 움직이도록 하세요."

아내 점숙이를 만난 계열은 어머니 방으로 건너간다. 몇 발자국 되지 않지만, 발걸음이 매우 무겁다.

"엄니, 안에 계세요? 저 계열입니다."

"누구라고? 아…… 쇠돌 아빠구만."

"엄니도 잘 알다시피, 세상이 너무 좋지 않게 흘러가고 있어요. 그래서 누구나 평등하고 인간답게 살아갈 수 있는 세상을 열어갔으면 합니다."

"내 걱정은 하지 말아라. 나야 살아야 얼마를 살겠니? 하지만 네 아내와 자식은 살아야 할 날이 많으니 신중하게 처신해야 한다."

"네. 엄니의 걱정은 이해가 됩니다. 하지만 엄니도 잘 알듯이 우리가 지금까지 짐승만도 못한 대접을 받고 살아왔지 않나요? 요즈음 더욱 살기가 팍팍해졌어요. 그래서 지방관장들과 이속들에 의해 억압을 받아왔던 농민들과 몰락양반들이 힘을 합쳐서 들고 일어났어요. 이제 세상이 뒤집어지려고 해요. 그러니 아이들의 장래를 위해서도 세상을 한번 엎어야 합니다."

"아니 잘못된 세상을 모르는 바는 아니다. 하지만, 쇠돌 아빠가 꼭 그러한 모난 일에 앞장을 서야 하는가 하는 것에 며느리와 가족들이 걱정을 하는 것이야."

"누군가는 나서야 할 일이에요. 서로 미룬다면 누가 세상을 바꿔나가겠어요? 지금 수많은 빈농들이 어려움을 겪고 있고 고통을 받고 있어요. 등골이 휘는데, 여기에 더 덤터기를 씌우면 더 이상 살아가는 것이 불가능해져요. 이러나저러나 죽을 목숨이면 한판 붙기라도 해봐야 하지 않겠어요?"

"안다. 알아. 너의 고민을 왜 이 엄니가 모르겠니?

나서기로 했다면 치밀한 계획을 세워서 행동해야 하고 이판에 네 아비의 한까지 풀어야 한다."

이계열은 잠시 공기를 쐬러 밖으로 나왔다. 집밖은 겨울눈이 쌓여 아름다운 풍경이다. 가난하기만 한 초가집이지만 눈이 덮이니 더러운 세상의 모습을 덮어서 아름답기만 하다. 추한 세상이 이렇게 아름답게 채색될 수 있으면 얼마나 좋을까 생각해본다. 하지만 그러한 생각은 공허한 사념에 불과하다. 현실은 너무나 냉엄하다. 세상은 계열에게 선택을 강요한다. 가족까지 버리면서 목숨을 내던지고 몰입할 것인가? 아니면 그냥 지금같이 노예의 삶을 유지할 것인가? 엄니의 얼굴과 아내의 애처러운 모습을 바라보니 마음이 약해진다. 하지만 아내의 거친 손을 잡았을 때는 강한 생각이 가슴 내부로부터 치밀어 올라왔다.

"이 고생을 평생 할 수는 없다. 세상이 요동치고 있는데, 변화에 몸을 맡겨야 한다. 가난한 세상을 쇠돌에게까지 물려줄 수는 없다."

어느새 아내도 밖으로 나왔다. 묵묵히 서있는 자신의 옆으로 다가와서 말없이 나란히 서있다. 아내의 얼굴을 바라보니 눈물이 흐르고 있다. 눈물의 의미는 무

엇을 말해주는 것인가? 마음이 찡하다. 손으로 아내의
눈물을 닦아준다.

"당신, 울고 있어? 내가 죽으러 가는 것도 아닌데,
웬 청승이야?"

"아니에요. 그동안 고생한 것을 생각하니 괜히 눈
물이 나네요."

"그래 그동안 너무 고생이 많았어. 그렇기 때문에
더더욱 세상을 엎어야 하는 거야."

"당신 말이 맞아요. 가난의 대물림을 하지 않기 위
해서도 모진 마음을 먹고 길을 떠나 떨쳐나서야 해요.
당신 가는 길에 청승을 떨어 미안해요. 하지만 영영
이별이 되는 것이 아닌지 걱정이 되는 것을 어떻게
해요?"

아내는 솟구치는 서러움을 감당할 수 없다는 듯이
눈물을 펑펑 쏟아내고 있다. 계열은 자신의 넓고 따뜻
한 가슴으로 아내를 품에 안았다.

"당신 가슴을 이렇게 따뜻하게 느껴본 것은 처음이
에요. 기왕 나서는 원대한 일이니 꼭 성공시키고 돌아
와야 해요."

"그래, 그래야지. 당신을 품에 안으니 좀 더 강인해

져야 한다는 것을 깨달았어. 쇠돌이와 엄니를 잘 부탁해!"

"염려 말고 과단성 있게 행동하세요."

"암. 그래야지. 쇠돌이를 생각해서라도 세상을 꼭 바꾸고 말거야."

쇠돌부부는 서로의 마음을 치유하면서 한동안 어둠 속에서 포옹을 하고 서 있었다. 멀리서 개 짖는 소리가 들린다. 어머니의 심한 기침소리를 듣자 두 사람은 겨우 떨어져 안쪽으로 걸어간다. 이계열의 마음은 무겁지만, 발걸음은 한결 가벼워졌다.

아침에 아내와 함께 엄니에게 큰 절을 하고 이계열은 집을 떠났다. 그길로 가서리로 가서 가서리 초군의 우두머리 길상이를 만나고 다시 먼 길을 떠나 읍오리 초군 우두머리인 섭동이도 만났다. 다시 저녁 무렵에는 읍저초군을 찾았다. 초군의 우두머리는 좌상이라는 직함으로 불렸다. 몇 사람을 만나니 마음이 개운해졌다. 동지들의 마음과 결의는 한결 같았다.

"길상이, 자네를 만나니 용기가 백배 되고 피가 솟구치는 것을 느끼게 되네. 너무 고맙네."

"뭐가 고맙다는 거야. 힘을 합쳐서 우리 세상을 만

들어보자는 건데."

"통문을 보내 참여자들이 모두 같은 길로 나설 수 있도록 다짐을 받아야 하네. 그리고 비밀 누설자가 생기지 않도록 입단속도 잘해야 하네."

"여분이 있겠는가? 농민들이나 초군들이나 지금 같은 상황이면 밥 굶게 생겼는데, 다들 가만히 누워만 있겠는가? 모두들 떨쳐 나설 것이네. 걱정 말고 자네나 뭐든 먹고 동지들을 규합하게나."

"고맙네, 고마워. 자네들이 동참해주고 용기를 불어넣어주니 한걸음에 몇 개 고을을 뛰어다니고 있지 않나?"

이계열은 다시 길을 나섰다. 밤공기는 차가웠으나 발걸음은 가벼웠다. 두세 사람의 동지들과 함께 행동하는 것이 힘도 되고 안전에도 좋을 듯 생각되었으나 비밀유지를 위해 은밀하게 혼자서 잠행을 했다. 이계열은 용봉으로 가서 초군좌상 이귀재도 만났다. 이귀재로부터 최용득과 안계손이 적극 동참하려고 생각중이라는 반가운 소식을 전해 받았다. 다시 이계열은 밤새 걸어 산을 넘고 물을 건너 유계춘과 함께 만난 적이 있었던 양반선비들인 허호와 조석철 등을 찾아갔다.

"허호 어른, 안에 계십니까?"

"누군가? 꼭두새벽에 누가 찾아왔는가?"

"이계열이올시다. 긴히 상의드릴 말씀이 있어 염치 불고하고 새벽인데도 마다하지 않고 찾아왔수다."

"아, 이게 누구인가? 이명윤의 6촌인 계열이구만. 자네가 웬일인가?"

"안으로 들어가서 말씀을 드리겠습니다."

"어서 들어오게나. 따뜻한 작설차나 한잔 합시다."

허호와 이계열은 찻잔이 놓인 반상을 사이에 두고 마주앉아 긴하게 귓속말로 담소를 나눈다. 밖에서 누군가가 엿듣기라도 할까봐 속삭이는 말로 서로의 의견을 건넨다.

"허호 어른, 백성들의 삶이 팍팍합니다. 세도정치 이후 사람들이 살아가기가 더욱 어려워졌습니다. 그런데 가렴주구 하는 지방관장들과 이서무리들의 폭압은 점차 더 심해지고 있어 걱정입니다. 허리가 휘어진 농민들의 분노는 하늘을 찌를 듯합니다. 어떻게 대처해야 합니까?"

"요즈음 마을 분위기가 뒤숭숭하다는 이야기는 공부로 소일하는 선비들 사이나 잔반들 사이에서 종종 얘기되고 있다네. 많이들 걱정하고 있었네. 하지만 대처방법에 대해서는 다양한 의견이 나오고 있어."

"이제는 다양한 의견을 하나로 묶을 시기입니다. 불평불만만 해서는 해결책이 나오지 않습니다."

"그래 좋은 방안이라도 있는가?"

"여러 계층들이 참여할 분위기가 조성되고 있습니다. 향리집단들의 횡포로 인해 몰락양반이나 땅을 붙여먹는 소작농이나 하나같이 살기가 어려워졌습니다. 경저리들의 횡포도 만만찮아서 나무하는 초군들의 분노도 식을 줄을 모르는 실정입니다."

"그래 행동할 시기라는 얘기구만. 하지만 쉽게 행동해서 해결될 문제가 아닐세. 과연 여러 고을의 사람들이 힘을 합칠 수 있는 분위기인가가 문제라면 문제라고 할 수 있어. 또 집단적인 모임에서 우두머리를 할 사람들이 있는가 하는 것도 해결해야 할 과제일세."

"워낙 관아나 이서계층의 횡포가 극에 달해서 누구나 몽둥이를 들고 나서겠다는 분위기입니다. 아울러 많은 계층들이 길을 나서고 각 집단의 대표들이 머리를 맞대면 집단의 조직력이 단단해지지 않을까요?"

"그렇게 단순하지가 않다네. 행동은 쉽지만, 누구도

후폭풍을 감당하기가 쉽지 않은 법일세. 충분한 준비가 없이 길을 나서면, 오합지졸이 되고 말걸세.”

“어른의 뜻을 모르는 바가 아닙니다. 유계춘 어른도 있고 세상을 바라보는 예리한 눈을 가진 양반계층들도 상당히 많이 참여하고 있습니다. 허호 어른까지 참여하면 농민들이나 초군들이나 모두 집단적으로 나서게 될 것입니다.”

이계열이나 허호나 시간이 가는 줄 모르고 오랜 시간동안 담소를 나누었다. 많은 이야기를 나누면서 시대의 변화에 심정적으로 동질감을 느낀 두 사람은 점차 입장 차이를 좁혀 나갈 수 있게 되었다. 야심한 삼경을 넘기고 나서야 두 사람은 기본입장을 정리하고 의견의 일치를 보게 된다.

“계열이, 자네가 모임의 선두에서 방향을 잡아주면 나를 비롯한 선비계층들이 후원자로서 적극 밀어주겠네. 일단 세상의 모순을 바로잡기 위해 행동에 나서는 것에 동의를 함세.”

“감사합니다. 누구 하나를 위해 길을 나서는 것이 아닙니다. 대의명분도 있고 모순도 극에 달해 행동하지 않을 수 없는 시기를 맞이했습니다. 어른께서 행동의 명분을 좀 더 다듬어주시면 우리의 의도대로 요구 조건을 관철해 나가게 될 것입니다."

허호를 통해 동리의 말단행정의 책임장급인 조석철과 김정식 등이 동참할 것이라는 약속을 받은 이계열은 하원서와 박찬순을 만나 하씨 집안사람들과 박찬순의 일가 8명이 초군에 가담할 것이라는 암시를 받게 된다. 비로소 집안별로 또는 부락별로 참여하게 된다는 중요한 다짐과 약속을 받게 된 것이다. 이 때 노비들의 가세를 채근하러 길을 떠났던 정동으로부터 좋은 기별이 왔다. 수많은 노비들이 마을 사람을 각각 이끌고 항쟁에 참여한다는 기분 좋은 전갈이었다. 맹돌과 귀대가 30~40명을 이끌고 합세한다는 소식이었다.

"모임을 가질수록 더욱 힘이 솟구쳐 오르는 기분이라오. 농민뿐만이 아니라, 초군들과 노비, 심지어 양반사족들까지 가세하니 용기백배라오."

이계열이 싱글벙글 웃는 모습으로 정동을 맞이했다. 이계열은 유계춘을 비롯하여 자신이 초기 항쟁을 이끌다가 체포되더라도 정동이 있어서 지속적인 투쟁이 가능할 것으로 생각되었다.

"자네같이 젊은 친구들이 앞장 선다면 못할 것이 있겠는가? 관군들도 이제 무섭지가 않아. 초군들도 상당한 조직력을 갖추고 있으니 큰 싸움에서 쉽게 밀리지는 않을 듯하네."

"이계열 두령이 사나이로서 믿음을 주니 많은 사람들이 떨쳐나서는 것이 아니겠소? 젊은 나 또한 마찬가지이외다. 조선에서 바닥인생을 사는 모든 이들이 우리 뒤를 따를 것이니, 두고 보시오."

"정동, 자네를 보면 백만 원군을 얻은 듯하니, 힘껏 도와주시오. 이제 곧 우리들의 세상이 올 것이오. 그때 오순도순 행복을 찾아봅시다."

"말할 것이 없소이다. 끓는 젊은 피로 보답하겠소. 걱정마시고 대중들의 대오를 힘차게 인솔해주시오."

그날 밤 이계열은 정동과 맹돌을 데리고 근처 술국집을 갔다. 닭다리를 안주삼아 막걸리를 밤새도록 퍼마셨다. 모진 인생을 살아온 세 사람은 말은 별로 하지 않아도 통하는 것이 많았다. 도란도란 나누는 이야기 속에 치밀어 오르는 울분과 참을 수 없는 모욕이 솟아올랐다. 주먹을 불끈 쥐면서 꼭 세상을 바꾸겠다고 서로 다짐을 했다. 부엉이의 울음소리를 들으며 차가운 공기를 내마시면서 거리를 한참 맴돌다가 각자의 집으로 돌아갔다. 비틀거리는 발걸음에도 땅을 딛는 발에는 힘이 들어갔다. 마치 지진이 온 것처럼 땅이 내려앉는 느낌이었다.

부전자전

아침부터 검동이는 매우 부산하다. 김 진사의 생일 잔치라서 친척과 동기들이 집으로 많이 모여들어 잔치를 벌이기 때문이다. 손님이 들이닥치는 날은 종들과 사노비들에게는 죽음의 날이기도 하다. 검동이·석쇠·막동이·쇠작이·겁동이·춘심이·막순이·연홍이·길순이는 모두 하나같이 바쁘게 부산을 떤다. 김진사 집의 사실상 집사인 삼복이가 새벽부터 호령을 쳐서 모두들 잠결에 일어나서 마당청소에 나서게 되었다. 돌조각이나 먼지 하나라도 남아 있으면 곧장 몇 대를 맞는 것은 보통의 일이었다. 여자노비들은 마루를 걸레로 반짝반짝 닦느라 허리가 휠 지경이다. 먼지티끌이라도 떨어져 있는 날이면 곤욕을 치른다. 밥도 굶기고 창고에 갇히기까지 한다. 모진 수모를 당하지 않으려면 허리가 아프더라도 참고 최선을 다해야 한다.

부엌에 땔나무를 집어넣고 불을 지피는 것은 남노비의 몫이고, 음식과 반찬거리를 마련하는 것은 여노비의 담당이다. 새벽부터 김 진사 마님의 호령이 쩌렁쩌렁 안마당까지 울려 퍼지고 있다.

"무엇하는 것이냐? 왜 손놀림이 둔하게 돌아가느냐? 조금 있으면 손님이 들이닥칠 터인데 아직 기본 찬거리도 준비가 아니 되어 있으니 어떻게 손님맞이를 하려고 하는 것이냐?"

음식솜씨가 있다고 칭찬을 많이 받은 연홍이가 앞장서고 점순이·막례·입금이가 마님을 도와 땀을 뻘뻘 흘리며 각종 반찬과 국거리를 만드느라 정신이 없다.

"마님, 소고기 국에 간이 맞는지 맛 좀 봐주세요."

"왜 이리 싱거우냐? 소금과 간장을 좀 더 넣어야겠다."

"네에. 간을 맞추겠습니다. 막례야, 너는 비빔밥에
들어갈 각종 반찬을 준비하거라."

"네, 점순이가 나물을 물에 데치면, 그것을 가지고
반찬거리를 조리하겠습니다."

막례는 어릴 때부터 손놀림이 좋아서 주인마님으로
부터 칭찬을 많이 들었다. 진주의 별미라고 알려져 있
는 진주 교방음식인 '오정삼미'를 막례가 맡아서 선보
이려고 한다. '오정삼미'는 일명 비빔꽃밥이라고도 불
린다. 조개보탕과 더덕무침, 청포묵, 가지나물, 무채,
버섯무침, 각종 산채를 방짜 유기그릇에 푸짐하게 담
아서 오방색의 묘미를 살린 음식이다. 원래는 한양에
서 내려오는 중앙관리들을 접대하기 위해 차려졌다는
연회 음식인 진주 교방음식이 기원이다. 조개보탕은
한약재에 곁들인 꽃게와 조개를 간장과 참기름에 졸
인 탕을 말한다.

그 외에도 약선꽃게장약·선연밥·모듬 버섯불고
기·신선로·시금치나물·제례나물·헛제사밥나물·
고기전·조기구이·더덕구이·유채나물실곤약·방풍
나물 장아찌·약밥과 십전대보탕과 곤드레나물을 넣
은 밥, 영지버섯·산삼 등을 우려내어온 숭늉 등이

곁들어 나온다. 궁중에서의 임금님 수랏상과 별반 차이가 없다. 이러한 음식을 조리하느라 여노비들은 찬물과 뜨거운 물에 손을 번갈아 넣어야 하니 손이 터서 시릴 정도이다.

"막례야, 유기그릇은 소금으로 닦아 놓았느냐?"

"네 마님, 그제부터 점순이, 입금이랑 셋이서 밤새 손질해서 반짝반짝하게 해놓았습니다. 쇠작이와 접동이도 많이 도와주었어요."

"음식도 색깔별로 잘 가지런히 놓아야 하지만, 어느 그릇에 담느냐도 매우 중요하단다. 유기그릇에 나물을 얹어놓으면 색감이 돋보여서 더욱 맛나게 보이는 법이거든."

"네에 마님, 잘 알고 있습니다. 그래서 미리 그릇들을 손질해 놓았습니다."

"연홍아, 후식인 떡과 약과류 그리고 다향차를 고루 준비했느냐?"

"마님, 여분이 있겠습니까? 다양한 떡을 고루 마련했습니다. 또 약밥과 단술도 상에 단아하게 올려놓겠습니다."

"너희들 덕분에 생일잔치에 오신 손님들이 환하게

웃으시겠구나."

"손님들이 좋아하신다니, 저희들도 몸은 고단하지만, 마음은 즐겁습니다."

"김 진사 어른이 얼마나 좋아하시겠느냐? 행사가 끝나면 너희들에게 큰 상을 내릴 것이니라."

"식솔로서 당연히 할 일을 하는 것인데, 큰 상까지 내리시겠다니요. 너무 큰 영광입니다."

김 진사의 생일잔치는 진주부사를 비롯한 좌수, 별감과 이서계층의 방문 속에서 화려하고 요란하게 진행되었다. 또 집안 하인과 땅을 붙여먹는 많은 소작농들의 피와 땀의 노고 속에 성공적인 행사가 되었다. 하지만 주변의 민심은 이미 등을 돌리고 있었다. 김 진사의 생일잔치를 위해 수많은 소작농들이 쌀과 과일, 채소를 헌납해야 했고, 자신의 생일잔치처럼 일손을 제공해야 했다. 주변이 모두 굶으면서 춘궁기를 맞이해야 하는데, 혼자서 성대한 잔치를 하니 뒷공론이 많았다.

"망할 놈의 세상, 저런 인간이 떵떵거리며 잔치나 펼치니, 신령님은 어디에나 계신 것인가?"

"에이 빌어먹을 세상, 싹 망해버려라."

"빈대도 이런 빈대가 있나. 어디 더 뜯을 곳이 있다고 조그만 땅 붙여먹는 소작인들을 뜯어 가는가?"

옆 마을의 소작인 김 노인은 손가락질을 하다못해 자신이 기대어 다니는 나무지팡이로 하늘을 가리키며 하늘을 원망한다.

"저런 벌레 같은 놈이 중앙의 세도가에 붙어서 큰 소리를 치며 주변의 하인들과 가난한 농민들을 착취하니 이제 등짝이 배에 갖다 붙어버릴 듯한 신세가 되었네."

옆에 섰던 이 영감도 훈수를 든다.

"천벌을 받을 놈이 기고만장하고 가난한 농민들에게 돈을 뜯고 하인들의 뼛골을 더 짓밟으니 귀신도 무심하시지. 저런 놈을 안 잡아가고…… 끌…… 끌…… 혀를 찰 일이야!"

주변의 손가락질도 모르고 김 진사의 대궐 같은 집에서는 진주교방의 기녀들까지 불러서 밤새 연회를 베푼다. 가야금 치는 소리와 떠들썩한 남정네들의 고함소리는 집 주변을 화려하게 비추는 횃불들에 둘러싸여 석양처럼 붉게 불타오른다. 기녀들의 까르르 웃음소리는 헐벗는 하인들의 등짝을 때리며 저 멀리 지리산까지 메아리쳐서 달려간다.

"진사 어른, 기분도 좋으실 터이니 저의 춤사위에 맞춰 잡가 한 수를 불러주세요."

기녀 진홍이가 술에 취해 들떠있는 김 진사를 부추겨 노잣돈이나 뜯을 공양으로 아첨을 떤다.

"그래 나두 너와 함께 춤을 추고 싶구나. 잡가는 이 진사가 부르시게나."

"김 진사, 왜 나까지 끌어들이나."

그래도 계속 강요를 하자, 이 진사가 억지로 비틀거리며 일어선다. 악공들이 이 진사의 목소리에 맞춰 악기를 연주한다. 이 진사가 흥겨운 가락을 한 곡조 뽑는다.

"이 진사 어른이 이렇게 '태평가'를 잘 부르시는지 예전에 미처 몰랐어요. 오늘밤은 저랑 지내셔야겠어요."

기녀 매홍이가 옆에 달라붙어 아양을 떤다. 이 진사는 싫지 않은지 '남녀가 화합하는 것은 자연의 이치가 아니더냐'라면서 부둥켜안는다. 그 바람에 두 사람은 땅바닥에 뒹굴고 만다. 그 김에 모든 양반들이 옆에 앉은 기녀들을 부둥켜안는다. 악공들은 호응하여 경쾌한 가락을 연주한다.

그 때 좌수별감 중 한 사람이 일어서서 진주목사에게 축배제의를 한다. 진주목사도 옆에 끼고 앉아 놀던 기녀의 손을 잡고 일어서서 술잔을 높이 들고 주위를 살펴본다. 진주목사가 일어서자 떠들썩했던 좌중은 조용하다.

"김 진사 어른은 진주목에서 가장 큰일을 많이 하는 어른이고, 흉년이 들어 관아가 어려울 때 가장 많이 진휼하는 어른이기도 합니다. 이런 어른이 오래 사셔야 고을백성들이 어깨를 펴고 일을 잘 할 수 있고, 고단한 삶도 좀 더 펴지게 될 것입니다. 오늘 생신잔치를 빌어서 축수를 기원합니다. 다 같이 한잔 합시다."

진주목사의 축배제의에 모두들 호응하여 술잔 가득 따른 술을 들이킨다. 다시 악공들이 경쾌한 곡조를 연주하기 시작한다. 서로들 옆자리의 사람들에게 잔을 따른다. 연회자리는 삼경을 넘어 끝날 줄을 모른다. '흥청망청'이란 말이 이런 분위기에 사용되라고 만들어진 말인 듯 느껴졌다.

사실 김 진사의 생일잔치를 먼발치에서 바라보는 두 여인이 있다. 한 사람은 춘심이고, 다른 사람은 미금이다. 춘심과 미금의 공통점은 얼굴이 반반하고 붙임성이 있는 성격이라는 점이다. 어느 날 마님이 한양의 친정집에 일이 있어 다니러 간 사이 야심한 밤을 타서 김 진사는 춘심을 자신의 사랑방으로 불렀다. 춘심은 약간 불길한 기운을 느꼈으나 진사 어른이 무슨 심부름을 시키실 일이 있을 것으로 생각해서 별 생각 없이 부름에 응해서 술과 안주 및 찻잔을 준비하고 대령했다.

"진사 어른, 부르셨습니까? 춘심이에요."

"그래 술과 안주를 좀 준비했느냐?"

"네에. 여분이 있겠습니까? 들고 들어갈까요?"

"그래 안으로 들고 오너라."

사랑방 문을 열고 춘심이 들어가자 김 진사는 책을 읽다가 책상을 뒤로 물리고 주안상을 받는다. 춘심은 상을 내려놓고 바로 나가려고 몸을 돌리자, 김 진사는 그냥 잠시 앉았다가 가라면서 손으로 앉으라는 동작을 취한다.

"거기에 잠시 앉아라. 술을 혼자서 먹으면 취흥이 돋겠느냐?"

"쇤네가 어른 곁에 오래 있었다는 소문을 마님께서

아시면 큰일납니다."

"아니, 마님은 지금 한양에 갔는데, 무얼 그리 걱정하느냐?"

"그래도 집안 가솔들이 모두 잠을 안 자고 지켜보고 있습니다."

"아니 우리 둘이 함께 있는 사랑방 안을 누가 들여다본단 말이냐?"

"아니, 하인들 사이에서 말이 돌 수 있으니, 쇤네는 이만 나가보겠습니다."

"걱정 말라고 해도 그러는구만."

춘심은 전에도 김 진사의 방안에서 일을 돕다가 난처한 일을 당한 적이 있었다. 방안 청소를 시켜서 청소를 하는 도중에 김 진사가 물걸레로 방안을 닦고 있는 춘심이의 치마를 걷어 올려 당황한 일을 겪었다. 또 일을 마치고 나가는 춘심이에게 엽전을 몇 잎 던져주면서 장터에 가서 먹고 싶은 것 사먹으라고 한 적이 있었다. 그날 춘심은 김 진사와 억지로 입을 맞추고 포옹을 하여 얼굴이 빨갛게 물들었다. 그 이후 마님을 볼 때마다 춘심은 뒷걸음질을 치며 도망 다녔다.

"괜찮대도 그러네. 가까이 와서 술을 한잔 따르거

라."

춘심은 마음이 께름칙했으나 술상 쪽으로 다가가서 김 진사의 술잔에 술을 따랐다. 춘심이 준 술을 받아 마신 김 진사는 흡족한 표정을 지으며 한잔 더 따르라고 말한다. 서너 잔을 연거푸 마신 김 진사는 춘심에게도 한잔을 권한다.

"너두 한잔하거라. 혼자 마시니 심심하구나."

"쇤네가 어찌 감히 주인어른과 맞잔을 하겠나이까?"

"아니, 오늘 같은 야심한 밤, 누가 본다고 걱정을 하느냐?"

"'낮에 도는 말은 새가 듣고, 밤에 들리는 말은 쥐가 듣는다'는 말이 있사옵니다."

"춘심이는 아는 것도 많구나. 누구한테 그런 말을 배웠느냐. 너무 걱정하지 말아라. 내가 뒤에 있는데 누가 감히 너를 건드린단 말인가?"

김 진사가 완력으로 따르는 술잔을 받지 않을 수 없게 된 춘심은 어쩔 수 없이 두어 번 술잔을 조심스럽게 들이켰다. 술이 목구멍을 넘어가자 처음에는 목이 따끔따끔하고 알싸했지만, 점차 불안감이 사라지고 차분한 마음이 들었다. 점차 김 진사는 춘심의 손을 앞으로 이끌어 자신의 옆으로 앉혔다.

"그래 술을 한잔 해보니 어떠한 기분이 드느냐?"

"쇤네가 과분하게 진사 어른의 술잔을 받을 줄 어찌 알았겠나이까? 황송할 따름입니다."

"아니, 아니, 그런 말 말고, 기분이 좋아지느냐는 말이다."

"네에. 어른이 주시는 술이니 달콤하지 않겠습니까? 그런데 얼굴이 붉어져서 걱정입니다. 가슴도 콩닥콩닥 뛰고요."

"호두와 오징어 안주도 입에 넣어 보거라. 맛이 있구나."

"네에. 감사합니다. 잘 먹겠습니다."

마음이 가라앉은 춘심은 대담해져서 김 진사가 주는 술잔을 덥석덥석 받아 마신다. 몇 잔을 더 마신 춘심은 가슴이 울렁거리는 것과 다리에 기운이 풀리는 것을 느꼈다. 김 진사는 흥에 겨웠는지 시조창에 가까운 콧노래를 부른다.

"그래 너는 민요나, 잡가를 한 수 부를 수 없느냐?"

"쇤네는 그런 재주가 없사옵니다. 다만 남도잡가라

는 <홍타령>을 어릴 때 어미로부터 배운 적이 있습
니다. 주인어른이 원한다면 한 수 들려드리겠습니다."
"그래 불러봐라. 춘심이 네가 그런 재주가 있구나."

아깝다 내 청춘 언제 다시 올 거나
철 따라 봄은 가고 봄 따라 청춘 가니
오는 백발을 어이 헐거나

아이고 데고 허어 으음 성화가 낫네

푸른 풀이 우거진 골짝
내 사랑이 묻혀있네
진이여 내 사랑아 자느냐 누었느냐
불러봐도 대답이 없네
어여쁜 그 모습은 어디 두고
흙 속에 뼈만 남아 아무런 줄 모르네 그려
잔을 들어 술 부어도 잔을 잡을 줄 모르네 그려

아이고 데고 허어 으음 성화가 낫네

꿈이로다 꿈이로다 모두가 다 꿈이로다

너도 나도 꿈속이요 이것저것이 꿈이로다

꿈 깨니 또 꿈이요 깬인 꿈도 꿈이로다

꿈에 나서 꿈에 살고 꿈에 죽어 가는 인생

부질없다 깨려거든 꿈은 깨어서 무엇을 헐거나

아이고 데고 허어 으음 성화가 낫네

춘심이 남도민요 <흥타령>을 청승맞게 부르자 김 진사는 육자배기 가락을 젓가락으로 두드린다. 아직 차가운 겨울이지만, 두 사람의 취흥이 도도하여 춘심을 불러들인다. 봄바람이 부는 듯하니 한결 마음이 안정이 되어 춘심의 노랫가락도 높은 음자리를 유지한다. 춘심이 노래를 마치자 김 진사가 술잔에 술을 가득 붓는다. 술을 한 번에 들이킨 춘심의 손을 잡고 일어서서 김 진사는 도도한 취흥을 못 이기고 춤을 추기 시작한다. 이번에는 민요 <천안삼거리>가 술김에 흘러나온다. 두 사람의 춤사위는 수양버들의 흐드러진 가지처럼 치렁치렁 얽혀진다. 춘심은 술이 올라와 다리가 약간 풀린 상태에서 김 진사의 부추김을 받고 손을 잡고 춤을 하게 되니 자꾸 흐느적거리게 된다.

"왜 몸을 바로 균형을 못 잡고 흐느적거리느냐?"

"주인어른, 제가 술기운에 약간 흔들거립니다."

"오히려 비틀거리니까, 귀엽구나."

"진사어른, 제가 춤도 못 추는데, 기우뚱거려 죄송합니다."

김 진사는 춘심이 술기운에 흔들거리니 오히려 예쁘기만 하면서도 괜한 소리를 늘어놓는다. 김 진사는 자신도 취흥이 돌아서 흔들린다고 하면서 은근슬쩍 춘심을 와락 껴안는다. 춘심도 취흥이 도도해 그냥 김 진사의 행동에 몸을 맡긴다. 두 사람은 이제 거의 부둥켜안은 자태로 춤을 추기 시작한다.

"춤을 함께 추니, 춘심이가 이렇게 예쁠 수가 없구나. 나비와 꽃이 환상적으로 만난 느낌이구나."

춘심은 김 진사의 말에 어떻게 응대를 해야 할지 몰라, 쩔쩔 매기만 한다.

"진사어른이 이렇게 귀엽게 봐주니 고맙습니다. 춤도 잘못 추는데, 취흥만 망치게 하는 것이 아닌지 걱정이 되나이다."

"아니다. 춘심이와 부둥켜안고 춤을 추니 천하를

얻은 기분이다. 황진이가 내려온 듯, 양귀비를 처음 만난 당현종 같구나."

춘심은 자신을 경국지색인 양귀비와 황진이에 비유를 하는 것에 매우 흡족한 표정으로 불그레한 얼굴이 더욱 홍조를 띠어간다. 갑자기 김 진사는 춘심을 안고 보료 위에 눕힌다. 춘심은 당황했으나, 김 진사의 행동에 몸을 맡겼다. 김 진사는 춘심의 옷고름을 풀고 속살을 만져본다. 그녀의 볼에 자신의 볼을 가져다대고 부비면서 귓속말로 '너를 행복하게 해줄 것'이라고 속삭인다. 주인어른의 공손한 말투에 눈을 감은 채 그녀는 흐뭇한 표정을 짓는다. 김 진사는 그녀의 오롯한 가슴을 어루만지더니 손은 점차 아래로 내려간다. 김 진사의 손이 옹곳한 부위로 들어서자 춘심은 몸을 오싹 움츠린다. 다정다감하게 다루던 김 진사의 손이 그녀의 꽃잎을 더듬으니 옹달샘이 열리기 시작한다. 물가로 다가선 김 진사는 잠시 호흡을 고르고 뜸을 들인다. 오히려 춘심이 거칠게 숨을 몰아쉰다.

"춘심아, 너의 숨결이 참으로 듣기 좋구나."

"진사어른, 부끄럽사옵나이다. 이불을 덮어 주시와요."

"왜 그러느냐. 너의 몸을 보니 봄이 선뜻 다가선 듯 느껴지는구나."

"진사어른, 왜 이리 간지럽게 하시는지요? 괴롭사옵니다."

"봄이 되면 초목에 봄비가 듬뿍 와야 하느니라. 그래야 촉촉하게 생명의 기운이 돌아나는 법이거든."

"그야, 맞는 말씀이오나. 쇤네는 도통 무슨 말인지 모르겠나이다. 촛불이라도 꺼주시옵소서."

갑자기 그녀의 아래로 내려가 코로 꽃잎을 건드리던 김 진사는 시큼한 식초냄새에 몸을 움찔한다. 흥분을 감추지 못한 그는 춘심의 몸에 자신의 몸을 싣는다. 노를 저어 호수의 깊숙한 곳으로 한참을 나아간 김 진사는 질퍽거리는 물살에 거친 숨을 몰아쉰다. 숲은 더욱 초록을 뿜낸다.

"봄비에 몸을 적시니 자연의 섭리를 온몸으로 느끼게 되는구나."

"진사어른, 아니 서방님. 몸이 조여져서 미칠 듯 하옵니다."

"니가 이제야, 봄기운을 배우게 되는구나. 물과 불이 만났으니, 용호상박이로구나."

김 진사는 호숫가를 한참이나 휘저어 다니더니 개울가에서 뭍으로 폴짝 뛰어나온 개구리마냥 벌렁 보료 옆에 누워버린다. 춘심은 어찌할 바를 모르고 몸을 웅크린 채 잠자코 있다. 김 진사는 와락 그녀를 껴안고 한참동안 기동 없이 시간을 보낸다. 두 연인은 새벽의 닭울음 소리를 듣고야 놀라 깨어난다. 춘심은 자신의 저고리와 치마를 찾아 입고는 조용히 사랑방 문을 열고 나간다. 아직 어둠은 물러서지 않았다. 다행히 아직 석쇠가 빗자루를 들고 청소하는 모습은 보이지 않는다.

"마님, 먼 길 잘 다녀오셨나이까?"

길순이는 급히 대청마루에서 일하다가 내려와 큰절을 한다. 하인들과 인사를 나눈 마님은 마루를 올라서며 헛기침을 한다. 그리고 길순에게 눈짓을 보내며 방으로 들어오라는 신호를 보낸다.

"그래, 내가 한양 간 사이에 별일은 없었느냐?"

"큰일이야 있었겠습니까? 다만……."

"뜸을 들이는 것을 보니 뭔가 사달이 난 게로구나. 주인어른 방 주변을 잘 살펴보라고 한 말을 잊지 않았겠지?"

"네에. 마님 분부대로 막동이를 통해 진사어른 사랑방 주변을 챙겼습니다. 그런데……"

"뭐가 그런데야. 빨리 말을 하지 않고 답답하게 구는 거야."

"마님, 진사어른이 아시면 저와 막동이는 목숨을 구할 수 없게 됩니다."

"내가 뒤를 봐줄 터인데, 무슨 걱정이냐?"

"그래도, 진사어른 성격이 워낙 불같아서……"

불안함을 느낀 길순이는 한참이나 뜸을 들이다가 겨우 입을 연다. 마님의 눈치를 보던 그녀는 조심스럽게 말문을 열고 막동이를 통해 전해들은 이야기를 한다. 마님은 갑자기 입고리가 올라가더니 얼굴이 불그스레 달아오른다. 질투심으로 피가 거꾸로 치솟아 오른 것이다.

"아니, 정말이냐? 내가 한양 간 틈을 타서 진사어른이 춘심을 불러 술심부름을 하게 했단 말이지?"

"막동이가 살펴본 바에 의하면 술상을 들고 춘심이가 진사어른의 사랑방으로 들어간 것은 분명한 듯 합니다."

"춘심이는 언제쯤 방에서 나왔다고 하더냐?"

"마님, 막동이도 방에서 잠이 들어서 춘심이가 방을 나온 시각은 잘 모른다고 합니다."

"왜 거짓말을 하느냐? 밤새 두 사람이 함께 있었단 말이지?"

"아닙니다. 막동이도 그것은 보지 못했다고 합니다."

"거짓말을 말아라. 내가 춘심이를 불러 물고를 내고 말테다."

화가 많이 난 마님은 하인 검동이를 시켜 춘심이를 잡아오라고 지시를 한다. 겁에 질린 춘심이는 얼굴이 하얗게 질린 상태로 중문을 거쳐 마당에 무릎 꿇려졌다. 안방마님은 굵은 회초리를 준비시키고 몽둥이까지 대기시켜 단단히 작심하고 있었음을 보여준다.

"네 이년, 어떻게 그렇게 주인께 꼬리를 칠 수 있느냐?"

"마님, 쇤네는 죄가 없습니다."

"무슨 소리냐? 많은 사람들로부터 얘기를 들었고 진상을 잘 알고 있다. 거짓말로 대충 때우려고 하느냐?"

"아닙니다. 정말 억울합니다. 쇤네는 진사어른의 분

부대로 술상을 봐서 들어간 죄밖에 없습니다.”

“아니, 분별력이 있어야지. 술상만 사랑방에 건네주
고 돌아와야지, 방으로 들어갈 수 있단 말이냐?”

“주인어른의 명령이 매우 강해서 그렇게 할 수밖에
없었습니다. 손을 잡고 끌고 들어갔기 때문에 어쩔 수
가 없었나이다.”

“네가 꼬리 치지 않았는데, 점잖은 어른이 너의 손
을 잡고 끌고 들어갔단 말이냐? 저년이 바른 소리를
할 때까지 엉덩이를 걷어 올려 몽둥이로 매우 쳐라!”

검동이는 차마 얼굴을 들고 춘심이의 얼굴을 쳐다
볼 수 없었지만, 마님의 명령을 거역할 수 없어서 그
녀의 두 손을 잡고 끌어올려 치마를 벗겨 엉덩이를
드러내고는 굵은 몽둥이로 몇 차례 내리쳤다. 춘심은
찢어지는 듯한 비명을 지르며 고통을 참아내고 있었
다. 살이 거의 헤어질 정도가 되었는데도 마님은 더욱
강하게 내리치라고 명령을 내렸다.

“아직도 반성하지 않느냐?”

“마님, 저는 죄가 없습니다. 진사어른의 명령을 따
를 수밖에 없었습니다. 용서해주세요. 다음부터는 진
사어른의 근처도 가지 않겠습니다.”

"여전히 입을 놀리고 있구나. 니가 알랑거리지 않는데, 진사어른이 너를 사랑방으로 불러들일 리가 없다. 빨리 실토를 해라."

"아닙니다. 저는 술상만 봐왔습니다."

"아니 안방 주인인 내가 없는데, 조심하지 않고 사랑방으로 기어들어갔느냐?"

"어쩔 수 없는 상황이었습니다. 주인어른이 들어오라고 하셔서……."

화가 멈추지 않는지 안방마님은 직접 마당으로 내려와 회초리로 춘심의 어깨와 몸을 내리쳤다. 심지어 얼굴까지 후려친 그녀는 제풀에 지쳐서 피가 몸에 흘러내리는 춘심을 그대로 두고 방으로 들어갔다. 거의 시체처럼 미동도 안하는 춘심을 검동이는 어깨를 부축하고 일으켜 세워 노비들의 방으로 인도했다. 춘심은 아픈 몸보다도 찢어지는 가슴의 상처 때문에 눈물을 철철 흘렸다. 너무 억울하지만, 귀천이 구별되어 태어난 운명임을 생각해 체념하고 있었다. 하지만 검동이는 주먹을 불끈 쥐고 복수를 하겠다는 다짐을 속으로 한다. 다른 노비들과 하인들도 마음이 안쓰러워 위로의 말을 전한다. 쇠작이는 산으로 올라가 언 땅에서 약초를 캐 춘심의 상처에 발라준다. 검동이도 자신의 옆전 몇 잎을 꺼내어 약방으로 가서 상처 치유에 도움이 되는 약재를 사서 탄약기에 달여서 춘심에게 먹인다. 며칠 후 정신을 차린 춘심은 마음의 상처를 이기지 못하고 누워서 탄식을 한다.

"이렇게 억울할 수가 있는가? 내가 무슨 죽을 죄를 지었다고 모진 매를 맞고 살아야 한단 말인가?"

곁에 있던 길순이가 몸을 어루만지며 위로한다.

"네 잘못이 아니야. 신분귀천이 태어날 때 결정되기 때문이야. 그것이 억울하다면 억울한 게지."

"이 놈의 망할 세상. 저주스런 세상이 내 삶을 망가뜨리고 있어."

춘심은 그렇게도 부조리한 세상을 원망했지만, 모질게도 질긴 운명은 자신의 몸으로 부적처럼 붙어 다녔다. 몇 달이 지나자 태기가 느껴지는 것이었다. 큰일이라고 낙담하던 춘심은 산의 큰 바위로 가서 뛰어내려 세상을 하직할까 하고 고민을 했다. 아이의 장래를 보장 받지 못하는 현실에서 아기 엄마가 되는 것에도 자신이 없었다. 하지만 생명은 존귀한 법이니 쉽게 용단을 내릴 수 없었다. 걱정이 된 길순이는 주인

어른께 상의를 해보라고 조언한다. 고민하던 춘심은 김 진사 어른을 직접 만나서 상의를 해야 하겠다는 결심을 굳힌다. 다음날 아침 떨어지지 않는 발길을 옮겨 사랑방으로 김 진사를 찾아간다.

"주인어른, 안에 계신가요? 저 춘심입니다."

안에서 인기척이 느껴진다.

"누구라고? 춘심이라고?"

김 진사는 춘심이 갑자기 찾아오니 당황을 한다.

"그래 무슨 일인가? 안으로 들어오너라."

춘심은 그렇게 고통을 당하고도 어쩔 수 없이 다시 사랑방으로 기어들어간다. 발길이 떨어지지 않지만, 차분한 마음을 가지고 방문을 연다.

"어서 들어오게나. 상의할 일이 있는가? 아님 내가 보고 싶어서 왔는가?"

김 진사의 농을 접하니 다시 돌아서 나가고 싶은 마음이 들었지만 춘심은 참고 자리에 앉는다. 뱃속의 아이의 장래가 우선이라는 생각에서 인내심을 발휘한 것이었다.

"저어……."

춘심이 말을 못하고 시간을 끌자 답답한 김 진사는

말을 어서 하라고 채근을 한다.

"제 몸에 서방님 아이가 자라고 있어요. 어떻게 하지요?"

찻잔을 들고 있던 김 진사는 잔을 바닥에 떨어뜨린다. 잔이 깨지는 소리가 '쨍그랑' 하고 방 전체로 울려 퍼진다. 미간이 경직된 김 진사는 한동안 침묵 속에 골똘히 생각에 잠긴다. 그래도 자신의 아이를 가졌다는 여인네를 '나몰라라' 할 수야 있겠는가?

"그래, 그게 사실인가?"

"네에. 배가 점차 불러오고 있어요. 날짜를 따져봐도 서방님과 인연을 맺은 날부터 조짐이 보였어요."

"어떻게 하지? 안방에서 알면 난리를 필 터인데……."

한참을 고심하던 김 진사는 춘심의 팔을 끌어당겨 포옹하고는 위로를 한다. 마음을 굳게 먹으라고 말을 하고는 마님한테 얘기해서 해산을 돌보라고 말하겠다고 약속을 한다. 다행스러운 반응에 얼굴이 피게 된 춘심은 인사를 하고는 방을 나선다.

"그럼 저는 가보겠습니다."

"그래 몸을 조심스럽게 돌보기 바란다."

김 진사가 춘심이와 아이를 갖게 되었다는 얘기를

전하자 안방마님은 크게 소란을 피우고 밥도 굶는 등 저항을 한다. 하지만 점차 현실을 받아들이고 남편의 아이를 낳아 돌보기로 마음을 굳힌다. 춘심에게 죽도 보내고 한약재도 다려보내는 동시에 출산을 위한 준비를 하인들에게 시킨다. 그렇게 만국이는 세상에 태어났던 것이다. 만국이는 양반자식인 동시에 하인에게서 낳은 첩자식이라 서얼계층으로 세상의 냉대를 받게 될 것이다. 춘심은 갖은 수난과 모멸을 겪었지만, 만국이가 쑥쑥 자라나는 것에 만족감을 표시한다. 어찌 낳았던 간에 김 진사의 아들이 아닌가? 춘심은 만국이 덕분에 안방마님이 출타를 하게 되면 김 진사의 침실로 불려들어가 소위(?) 호강을 한다. 좋은 음식도 먹고 비단 옷감도 선물을 받는다. 그러한 호사의 대가로 아들 만국이는 세상의 냉대를 한 몸에 받게 되고 안방마님이 낳은 장광에게 갖은 수모를 당하게 되는 것이다. 아버지의 이러한 모습을 보고 자란 장광의 행태 또한 가관이 아니다. 부잣집 아들로 태어나 귀여움을 독차지하다가 어린 만국이가 태어나자 아버지 김 진사의 시야에서 점차 멀어지게 된다. 그러자 소위 동네 황태자들과 어울려 다니면서 문제를 일으킨다. 더욱 꼴불견인 것은 집안의 여노비들을 심심찮게 괴롭힌다는 점이다. 하루는 김 진사 부부가 이웃동네 양반집 잔치에 간 사이에 어린 여비 미금이를 자신의 방으로 불러들인다.

"미금아, 내방 좀 청소해다오."

"도련님, 왜 하필 어린 저를 부르세요? 다른 하인들도 많은데요?"

"네가 예쁘니까 시키는 것이 아니냐?"

"아니, 도련님도, 그럼 방청소만 빨리 하고 나갈 테니 그렇게 아세요."

"그럼 다른 무슨 일이 있겠느냐?"

장광이는 미금이에게 이곳저곳 깨끗하게 청소해달라고 지시를 한다. 자신의 문방구들 주변도 정리해달라고 주문한다. 심지어 이부자리와 요도 개지를 않고 일부러 미금이 보고 개라고 부탁을 한다. 청소를 마치자 미금이에게 선물로 전에 장터에 나가 사놓은 가죽신발을 선물한다.

"도련님, 이런 예쁜 신발은 처음 보아요?"

"그래 마음에 드느냐?"

"들다마다요. 제 작은 발에 딱 맞는 듯해요. 어떻게

제 발 크기를 아셨어요?"

"대충 계산해보고 샀다. 이제 보니 미금이 발이 매우 곱구나. 이리 와 바라. 내가 신겨줄게."

"아이, 부끄러워요. 도련님에게 제 발을 보이다니요?"

"뭘 그러냐. 아무도 보는 사람이 없다. 예따. 이리 발을 내 놓아라. 빨리."

미금이는 겉으로는 부끄러운 척해도 장광이가 가죽신발도 사주고 자신에게 살갑게 대해 주는 것이 내심 싫지는 않았다. 다른 노비들은 비참한 생활을 하고 있는 것을 어릴 적부터 보아왔기 때문이다. 미금이 자신은 그렇게 살고 싶지가 않았다.

"도련님, 제 발이 사실 예쁘지 않아요. 귀엽게 봐주세요."

"이렇게 고운 발을 예쁘지 않다고 하면 세상에 어떤 것이 아름다운 것이냐?"

"도련님께서 곱게 봐주시니 그렇지요."

"신발이 미금이 발에 딱 맞는구나. 너를 위해서 만든 신발 같구나."

"도련님, 간지러워요. 발을 이제 무릎에서 내려놓으

세요."

"왜 그러냐. 너무 예뻐서 내려놓을 수가 없구나."

장광은 미금이의 발을 더듬다가 무릎까지 손을 대면서 미끈한 미금의 다리에 스스로 놀라 움찔한다. 얼굴이 붉어진 미금이가 미소를 짓자 용기를 내어 치마 속으로 올라가 허벅지까지 손이 간다.

"도련님, 아니 되옵니다. 나중에 안방마님이 아시게 되면 저는 초죽음을 당하고 집에서 쫓겨나게 됩니다."

"무슨 소리냐? 누가 우리 둘의 사이를 알 것이며, 누가 다정한 우리 둘을 갈라놓을 수 있단 말이냐?"

"큰일 납니다. 소녀 몸에서 손을 떼십시오."

"무슨 소리, 이런 예쁜 몸을 혼자만 간직하면 되느냐? 나에게도 기회를 주려무나."

"도련님, 제발 저를 좀 도와주세요. 나중에 큰일 납니다."

미금의 몸에 혼줄을 빼앗긴 장광에게 미금의 소리는 들리지 않았다. 미금의 몸을 끌어당겨 이부자리에 누이고 소녀의 아름다운 몸을 조심스럽게 더듬는다. 처음에는 저항을 하던 미금이도 손발에 힘이 풀려 미동도 않고 가만히 누워 있다. 미금의 입술에 자신의 것을 가져다대고 탐닉하던 장광은 봉곳한 소녀의 가슴에 얼굴을 갖다 대고 여인의 숨결을 흡입한다. 여치 소리가 바로 앞에서 들리는 듯하다. 풍뎅이가 물에서 노는 듯 마음은 소용돌이친다. 점차 용기를 낸 장광은 미금의 아랫도리로 손이 내려가 치마 속을 휘젓는다. 미금의 입에서 신음소리가 밖으로 나온다. 흥분을 멈출 수 없는 장광은 자신의 속곳을 벗어던지고 미금이의 치마와 속치마 그리고 속곳까지 벗겨버린다. 누에 꼬치가 껍질을 벗고 세상에 나오듯이 소녀의 아름다운 속살이 불빛에 아른거리며 드러난다. 미금의 몸에 자신의 몸을 포갠 장광은 보리타작을 하듯 포효소리를 내며 몸에 압박을 가한다. 소리를 치는 미금의 입에 손을 가져다대고 입을 막은 장광은 정작 자신의 쾌락에는 대처방법을 몰라 미간을 찌푸리기만 한다. 그의 얼굴은 사찰의 일주문 다음에 서있는 사천왕문에 조각되어 있는 증장천왕처럼 용을 움켜쥐고 깊게 파인 주름을 접고 무섭게 인상을 쓰고 있는 형상이다. 미금의 몸을 몇 차례나 탐한 장광은 몸을 추스르고 옷을 입은 다음에 미금이의 속옷을 입혀준다. 미금은 나른한 몸을 일으켜 부끄러운 듯 장광의 손에 들려있는 백색 저고리와 검은 치마를 받아 입는다. 방문을 열고 나서서 찬바람을 맞는 미금이의 머리는 돌덩이를 안은 것처럼 무겁기만 하다. 발걸음을 천천히 옮겨 자신의 방으로 쏜살같이 달려간다. 김 진사 집안의 신화는 여러 결의 나무 나이테처럼 층이 나뉘게 된다. 발 없는 말은 널리 퍼져나간다. 마을 전체에 김 진사 부자의 엽색행각은 그의 재부 축적과정의 탐욕스러움과 함께 회자된다.

"그 애비에 그 자식이야."

"그 마나님의 질투는 또 보통이 아니지?"

"어린 미금이를 김 진사와 아들 장광이 동시에 범했다는 얘기도 들려."

"그럼 만국이는 누구 자식인가? 김 진사 아들이야? 아님 김장광 아들인가? 후후…… 엉망이군."

"안방마님이 춘심이를 죽을 만큼 두들겨 팼다는 것이 사실인가? 사실 춘심이가 무슨 죄가 있는가? 겁탈한 자기 남편을 북어로 패줘야지. 안 그러나?"

마을 사람들은 두세 사람만 모여도 김 진사 집안 이야기로 꽃을 피운다. 단지 김 진사 집안사람과 하인들만 소문이 번져나가는 것을 모르고 있는 것이다. 김 진사의 대궐 같은 집을 지나가다가도 마을 사람은 손가락질을 하면서 '망해 버려라!' 하고 소리친다. 김 진사의 땅을 붙여먹는 수많은 소작농들도 허리가 휘기는 마찬가지인데, 이들은 말은 못해도 자기들끼리 모여서는 김 진사 집안의 풍문에 대해 손가락질을 한다. 마을 민심이 완전히 김 진사 집안과 등을 돌리는 형국이다. 곧이어 들이닥친 농민군은 김 진사를 몽둥이로 때려죽이고 집안의 물건들을 파손한다. 집은 방화로 불타오른다. 타오르는 불길을 보고 농민들의 얼굴은 환해지고 어깨와 엉덩이는 들썩거린다.

아기 장수의 전설

소촌역 근처 마동에는 오래전부터 내려오는 전설이
하나 있다. 바로 용마전설이다. 마동이라는 것 자체가
말과 연관이 된다는 것을 의미한다. 소촌역이 '역'이
므로 말이 머무는 교통의 요충지라는 뜻을 지닌다. 근
처의 마동도 소촌역과 연계되면서 만들어진 이름일
것으로 추정된다. 마동이 마을사람들이 말을 많이 키
운 목장이 있던 곳일 가능성이 크다면, 말을 키워서
지방관아에 납품을 하고, 관아에서는 그러한 말을 관
리하고 쉴 공간을 만들어서 한양으로부터 남쪽지방과

연결하는 교통망을 만들 필요성이 제기되었을 것이다. 하여튼 마동에서는 예로부터 전해 내려오는 '용마 전설'이 널리 퍼져 있었다.

옛날에 가난한 농사꾼 부부가 아이를 낳았는데, 그 아이에게는 이상한 일이 자주 일어났다. 그 어미가 잠시 보지 못한 순간에 누운 자세가 바뀌어 있거나, 땀을 많이 흘리고 있는 일이 잦았다. 어미는 아이의 땀을 닦아주기에 바빴다. 그래서 이상하게 여긴 부부는 아기가 자는 방을 몰래 훔쳐보았다. 신기하게도 아기는 겨드랑이에 날개가 돋아나서 천정을 날아다니곤 하는 것이었다. 이날로부터 부부는 걱정이 태산 같았다. 평범한 아기이기를 바랐는데, 보통 아기가 아닌 것으로 생각되기 때문이었다. 이러한 소문이 밖으로 나면 관아에서 아기를 죽일 뿐만 아니라 멸문지화를 당할 것으로 생각되었다.

그래서 아기의 부모는 잠을 이루지 못하고 고민을 거듭했다. 아기의 아버지는 아이는 하늘이 보낸 장수이므로 몰래 조심스럽게 키우자고 하는 반면, 어머니는 결국 소문이 퍼져 집안이 풍비박산이 날 것이므로 아기를 연못에 던져 죽이자고 말한다. 부부는 의견의 불일치로 며칠 동안 사이가 틀어지기도 한다. 결국 고민 끝에 부모는 아이를 맷돌로 눌러 죽이기로 결심을 한다. 다음날 부모가 아이를 큰 맷돌 밑에 넣고 눌러도 아이는 꿈쩍도 않고 맷돌도 돌지를 않는다. 신기함을 느낀 부부가 정화수를 차려놓고 신령님께 어떻게 할 것인가를 빌기 시작한다. 그러자 어디에선가 용마가 날아와 슬픈 소리로 울다가 마을 연못에 빠져 죽었다. 그 이후 부부는 아기 방을 갔으나 아기는 종적을 감추고 없어졌다는 것이다.

마동 산골마을에는 정복돌과 그 아내가 살고 있었다. 복돌은 나무를 하기도 하고 부잣집 논을 빌려 농사를 짓기도 하면서 생계를 유지했다. 그 아내는 근처 텃밭에 채소를 심어 그것으로 어려운 살림에 보탬을 주고 있었다. 두 사람은 나이가 40이 넘어서도 태기가 없어 높은 산봉우리의 움푹 파진 바위 앞에서 촛불을 켜놓고 계곡물을 떠다가 매일 같이 빌기를 천일 이상을 보내기도 했다. 기도의 덕분인지 두 부부는 열 삭을 넘기고 아이를 갖게 되어 매우 기쁘게 하루하루를 보내고 있었다.

"여보, 산신령님이 우리의 정성을 깨달았나보우. 당

신에게 태기가 있으니……."

"그러게 말이유. 옛말에 '지성이면 감천'이라고 하지를 않았수?"

"앞으로 몇 달을 조심하고, 힘든 논밭일은 삼가주시게나."

"네에. 당신 말대로 집에서 누워만 있을 테니 당신이 힘들더라도 논일과 나무 베기를 소홀히 하지 마세요."

"당연한 말이지. 어떻게 얻은 아기인데, 마음이 기뻐서 육체적인 고단함을 못 느낄 듯 하우."

정복돌의 아내는 열삭이 되어 출산을 하게 된다. 두 사람의 정성 탓인지 떡두꺼비 같은 아들을 얻었다. 아이의 이름은 단단하게 자라주길 바란다는 의미로 정동이라고 정했다. 복돌은 너무 기뻐서 덩실덩실 춤을 추었다. 논에서 일을 하다가도 빨리 집으로 달려와 아내를 돌보다가 다시 논두렁으로 달려가곤 했다. 아이도 쑥쑥 자라나서 두 내외의 기쁨을 배가시켰다. 다만 아이가 잠을 자다가 땀을 많이 흘리고 겨드랑이에 어른처럼 거뭇거뭇한 것이 나와서 부부는 기이하게 생각했다.

"여보, 이상하지요? 아이가 땀을 너무 많이 흘려요. 큰 어른처럼 말입니다."

　　"글쎄 기이하네요. 마을에 흘러 다니는 전설과 많이 닮았군."

　　"그래요. 겨드랑이에도 땀이 나고 거뭇거뭇 어른 털과 같은 것이 자라나고 있어요."

　　"왜 그렇지? 이상한 조짐이야."

　　두 부부는 아이가 자라날수록 걱정이 많았다. 전설처럼 아이의 겨드랑이에 날개가 생겨나서 날아다니거나 날다가 추락해 죽을까봐 두려운 마음으로 계속 지켜보았다. 하지만 아이는 대 여섯 살까지 큰 이상이 없이 컸다. 다만 골목에서 아이들과 놀다가 다른 아이를 주먹으로 때려 얻어맞은 아이의 부모가 집으로 찾아와서 따지는 일이 비일비재하게 생겨났을 뿐이었다. 여덟 살쯤에는 3~4살 위인 동네 형들과도 맞서 싸울 정도로 힘이 장사였다.

　　"정동아, 너 힘자랑 좀 그만해라. 다른 집 부모들이 찾아와서 따지니 아빠가 남사스러워서 살 수가 있겠느냐?"

　　"아부지, 전 그냥 밀쳤는데도 그 친구들이 나자빠

져요. 제 잘못이 아니어요."

"네가 너무 힘이 세서 그러니 앞으로는 아예 친구
들과 싸우지 말거라."

"네에. 아부지 말씀 명심해서 듣겠습니다."

정동의 어머니도 옆에서 말을 거든다. 명산대찰에
기도하여 겨우 아들을 얻었다는 것을 누차 강조한다.

"정동아, 엄마도 걱정이 많구나. 너를 키우면서 많
은 고민을 했다. 니가 정상적으로 자라지 못할까 두려
움이 많았단다."

"네에. 부모님 말씀 명심하고 앞으로는 심려를 끼
치지 않도록 하겠습니다."

정동은 자라나면서 부모님에 대한 효심이 매우 돈
독했다. 뒤늦게 어렵사리 얻은 아들이라는 말을 귀에
못이 박힐 정도로 들었기 때문에 더욱 부모님에 대한
마음이 애틋했다. 정동이 아무리 신중하게 행동한다
고 해도 세상이 그를 그대로 내버려 두지를 않았다.
정동은 조심했지만, 미천한 신분으로 태어난 한계로
인해 여러 차례 어려움에 처하게 된다. 이웃마을의 양
반집 아이들 중에서 성격이 좋지 못한 몇몇이 모여
동네 여노비들을 해코지 하는 모습을 보고 제지를 하

다가 싸움이 붙은 것이다. 정의감에 투철한 정동은 인내심을 발휘하려고 했으나, 점잖게 제지하는 것을 보면서도 모멸감을 느끼게 욕을 하면서 덤비는 녀석들을 그만둘 수 없었다. 결국 큰 싸움이 벌어졌다.

"네 놈은 누군데 함부로 양반댁 도련님들의 행차에 방해를 하느냐?"

"뭐 도련님들의 행차라고? 점잖은 양반댁 도련님들이라면 불쌍한 여노비를 괴롭히거나 희롱하지는 않을 것인데, 제대로 배워먹지 못한 무지막지한 놈들이 아닌가? 행동거지를 보니까?"

"뭐라고? 무지막지한 놈들이라고? 너는 반상의 구별도 모르느냐? 건방진 놈 같으니라고."

"행동이 바르게 되어야, 양반 대접을 받지. 지금 남의 집 하녀를 희롱하는 주제에 건방을 떨어?"

"이런 되어 먹지 못한 놈 같으니. 주먹맛을 봐야 정신을 차리겠느냐?"

"주먹맛이라고 했는가? 정말 너희들이 다수라고 까부는 거야? 호된 맛을 봐야 무릎을 꿇겠는가?"

"이놈이 정말 안되겠구나. 얘들아 저 놈을 혼내주자."

"비겁하게 양반이라는 놈들이 집단적으로 덤비려고

하는 거야? 한 놈씩 나와. 모두 때려잡을 테니 말이야."

정동은 유생건달들 몇 놈들과 맞붙어 싸웠다. 사실 힘에 있어서 건달이라고 해도 공부만 하는 유생들과 정동은 싸움상대가 되지 않았다. 소도 단숨에 때려잡을 정도로 정동은 의기충천한 상태였다. 정동은 힘만 센 것이 아니라 동작도 민첩했다. 거기에다가 칼도 잘 사용했다. 물론 유생들과의 싸움에서는 주먹만 사용했다.

"말로만 떠들지 말고 덤벼봐."

"정말 묵사발을 만들어줘야 정신을 차릴 모양이야."

유생건달 두 놈이 먼저 나서서 몽둥이를 휘두른다. 정동은 몸을 피하면서 맨 주먹으로 대항한다. 정동은 한 놈이 내리치는 몽둥이를 피해 뒤로 돌더니 공중으로 떠서 뒷다리를 회전시켜 가슴을 가격하여 쓰러뜨린다. 다른 한 놈은 휘두르는 몽둥이를 피해 팔을 움켜쥐고 꺾어버려 우지끈 소리가 나게 하여 무력화시킨다. 나머지 놈들도 뒷걸음질을 친다.

"용서하지 않을 거야. 비겁하게 뒷걸음질 치지 말고 앞으로 나서봐라."

무리 중에서 우두머리 역할을 하는 유생이 앞으로

나섰다. 주먹대 주먹이 불을 티게 하며 신중하게 힘겨루기를 한다. 두 사람은 서로를 노려보며 빙글빙글 돌면서 상대의 허점을 노린다.

"이놈이 제법이네. 무술 꽤나 좀 단련한 모양이야."

"단련 좋아하네. 그냥 산속에서 뛰어놀며 스스로 체득한 거야. 네놈처럼 누구에게 배워서 익힌 무술이 아니야."

"떠들지 말고 앞으로 나서봐라. 공격을 해봐."

두 사람은 몇 차례나 주먹질을 하며 공격을 하지만 쉽게 가격점을 찾지 못한다. 서로 발 공격을 해보지만, 허점을 찾기가 쉽지 않다. 유생이 민첩하게 지속적으로 발을 사용하여 거리를 좁혀온다. 정동은 다시 공중돌기를 통한 회전발기술을 사용하여 상대의 정강이 쪽을 노린다.

"와우. 너의 정강이를 반쪽을 내고 말거야."

힘이 장사인 정동의 괴력을 인지한 유생은 몸이 잡히지 않도록 하면서 자신의 발차기 기술을 활용하려고 애쓴다. 먼저 정강이를 맞아 쓰러진 유생은 다시 몸을 일으켜 발차기 묘기를 선보인다.

"제법인데. 발차기를 좀 배웠군. 하지만 나한테는

먹히지를 않아."

"말로만 떠들지 말고 힘 좀 써봐라. 이놈아."

그 순간 정동은 날쌔게 상대의 배를 주먹으로 가격한 후에 움찔하는 유생의 뒤로 돌아가 양팔을 잡아자신의 몸에 밀착시킨 후 비틀어버린다. 우지끈하는소리가 들린다.

"팔이 부러져버렸는데도 덤빌 테야? 그만 물러서지그래. 온몸이 박살나기 전에 말이야."

유생건달들은 우두머리격의 청년마저 팔이 빠져버리는 부상을 당하자 더 이상 힘을 쓰지 못하고 뺑소니를 친다. 그래도 도망치면서 복수를 하겠다고 큰소리를 친다. 정동은 곤욕을 치른 여자노비에게 다가가부축하여 일으켜 주고 다친 곳은 없는지 물어본다. 집으로 돌아와서 어머니에게 전후사정을 말한 정동은부친으로부터 꾸지람을 당한다. 분명히 양반댁에서보복을 할 것이고 그렇게 잡혀가면 큰 곤욕을 치르게될 것이라는 훈계였다. 신분 때문에 무시당하고 냉대당하는 신세가 서러워 한참을 울던 정동은 집을 떠나기로 마음을 굳힌다.

"어머니, 잠시 집을 떠나 무술이나 단련하고 돌아

오겠습니다. 서러운 세상을 더 이상 참을 수 없습니다. 저는 잘못한 것이 없고 어려움에 처한 여인네를 구해준 것 뿐입니다."

"너의 억울함은 잘 알겠다. 하지만, 신분고하에 따라 차등하여 사람을 대하는 세상을 어찌 하겠느냐?"

"세상을 바꿔야 하겠지요. 저는 잘못된 세상을 꼭 바꾸고 말 것입니다."

그 길로 정동은 봇짐을 챙겨 지리산으로 들어간다. 하루 종일 걸어서 산 중턱에 도달한 정동은 한 움막을 발견하고 하룻 밤 기거를 부탁한다. 초옥에서 걸어 나온 집주인은 정동의 행색이 남다른 것을 알아보고 며칠 묵었다 길을 가라고 따뜻하게 대해준다.

"난 김생춘이라고 하네. 오래전부터 지리산에 머물면서 심신을 단련하고 환약을 만들어 진시황처럼 불로장생을 꿈꾼다네."

"전 정동이라고 합니다. 노비신분이나 유생건달과 싸움을 벌려 보복이 두려워 집을 떠나 입산을 하였습니다. 스승님으로 모시고 정신수양과 신체 수련을 했으면 합니다."

"나한테 배울 것은 별로 없을 것이네만, 자연에서

배운 기공만큼은 그 신통력을 전수해 줄 수는 있을 걸세. 그 외에 자연을 통해 자연의 순환원리를 거스르지 않아야 한다는 교훈을 깨달을 수 있을 걸세."

"감사합니다. 갈 곳 없는 나그네를 거두기만 해줘도 그 은혜를 갚을 길이 없습니다. 스승님을 통해 자연의 힘과 흐름의 정신을 잘 배우도록 하겠습니다."

"자네가 그렇게 말해주니 고맙네 그려. 오늘부터 내 밑에서 밥을 하고 땔감을 구해 불을 지피면서 공부를 해나감세."

정동은 입산을 하면서 현실에서 사라졌으나 종종 하산하여 어머니를 만나고 세상 돌아가는 정보를 듣는다. 부친을 통해서는 유계춘과 이계열을 소개받고 은밀하게 만나기도 했다. 이 세 사람이 진주농민항쟁을 주도하는 삼인방인 것이다.

"아니, 유계춘 어른이 관아에 잡혀갔단 말입니까? 농민조직이 항쟁도 해보기 전에 무너지는 것은 아닌가요?"

정동이 하산을 결심하고 내려오니 청천벽력 같은 소식이 전해졌다. 초기 농민항쟁의 지도부를 주도했던 유계춘이 잡혀가서 위기를 맞게 되었다는 우울한

전갈이었다. 정동은 바로 이계열 두령을 찾아갔다. 이계열은 담담하게 소년장사 정동을 맞아주었다.

"자네가 하산했는가? 힘도 세지고 많이 컸네."

"산에서 정신수양을 많이 하고 내려왔습니다."

"그렇군. 사람이 힘만 있으면 무엇하겠는가? 지혜로워야 한다네."

"걱정마세요. 깊은 산중에서 좋은 스승님을 만나서 단단해져서 내려왔습니다."

"참으로 큰 일꾼이 제 발로 찾아왔군."

"그나저나, 농민항쟁은 지속될 수 있겠습니까? 유계춘 어른이 없어서 큰 타격이 되지 않을는지요?"

"물론 약간의 손실은 있겠지만 사전에 유계춘 어른이 지략을 짜서 대비책을 세워 놓았으니까 큰 걱정은 안 해도 된다네. 앞으로는 내가 조직을 이끌 것이고 나도 체포가 된다면 자네가 이끌면 될 것이네. 그러니 너무 염려 말게나. 중요한 것은 여러 마을을 돌면서 조직의 확대를 꾀해야 하는 것과 투쟁과정에서 백성들의 지지를 얻어야 하는 과업일세."

"두령, 잘 알겠사옵니다. 미력하나마 힘을 보태겠습니다."

"다행스럽게도 요즈음 여러 마을의 사람들이 집안 일가를 대동하고 모임에 참여를 할 뿐만 아니라 몰락한 양반이나 농민층 그리고 초군과 노비계층까지 다양한 집단이 참여를 하고 있어 힘이 솟구친다는 사실이네."

"그렇다면 승리는 눈앞에 있군요."

"하지만 그렇게 단순하지가 않다네. 조선왕조 오백년의 역사가 쉽게 무너지겠는가? 쉬운 싸움이 아니라는 사실만은 분명하니. 그 점만은 잘 깨달아야 하네."

어둠 속에서 세 사람의 그림자가 모여 있다가 곧 흩어졌다. 찬공기를 마시면서 논두렁길을 걸어서 다들 자신의 집으로 돌아갔다. 이계열은 엄중한 상황에 대처하기 위해 도회를 개최했다. 전의 모임과 달리 새로 개최된 모임에서는 강경한 대응방안이 다수의 지지를 얻었다. 읍내에서 집단시위를 펼칠 뿐만 아니라 철시 등 적극적인 항쟁을 전개하기로 약속을 했다. 또한 한글방을 여러 마을의 입구와 장터에 붙여서 지지를 확산하기로 하였다.

"우선 철시를 하고 횃불을 들고 집단시위를 밤까지 펼쳐야 합니다. 그래야 세를 모으고 많은 농민들과 초군들이 참가를 결정하게 됩니다."

"그렇습니다. 지금 감영에 의송하는 온건한 방법으로는 실익을 거두기 어렵습니다."

"모두들 횃불을 하나씩 들고 장터로 뛰쳐나가야 합니다. 불을 보면 사람들이 흥분하여 너도나도 뛰어들 것입니다."

"참여자들의 용기를 북돋우기 위해 악덕배들의 집을 시범적으로 쳐부수어야 합니다. 몇 집만 공격목표를 정해서 불지르기로 합시다!"

"옳소! 그렇게 해야 합니다."

"농민을 등쳐먹는 이서계층의 집부터 쳐부수어야 합니다."

여론을 듣고만 있던 이계열이 일어서서 말문을 열었다.

"중요한 것은 몇 집을 불사르는 것에 있는 것이 아니고 항쟁의 지속을 위해 집단적인 참여를 독려하는 것입니다. 그 외에도 항쟁에 필요한 무기를 준비해야 합니다. 손재주가 있는 장인 수십 명의 지원을 받아 일주일 밤사이에 수천 개의 죽창과 몽둥이를 제작해야 합니다. 또 여성들도 참여시켜 주먹밥을 수천 개

만들어서 김치와 함께 조달해야 합니다."

무기를 제작하는 것은 뒤늦게 참여한 하씨 일가 사람들 백여 명이 떠맡기로 했고, 주먹밥 등 식량의 제공은 박찬순 일가의 여성들이 책임지기로 했다. 맹돌, 귀대를 비롯한 사노들은 부잣집의 곳간을 야심한 밤에 털어 쌀과 고추장, 된장을 실어 나르기로 했다. 밤 시위에 필요한 횃불과 기름은 관노들과 내통한 사노들이 관아의 기름저장소를 털기로 했다. 목재와 땔감은 초군들이 맡아서 공급하기로 했다.

다음날 아침 이계열은 여러 마을에 흩어져 있는 항쟁본부 지도자급에게 회문을 돌려 진주 서북지역의 중심지인 수곡장시를 장악하고 삼장과 오천면으로 옮겨 다니면서 세력을 규합하여 덕천장시를 공격하기로 계획을 설정했다. 덕천장시를 공격하자 수많은 농민들이 자발적으로 참여하여 횃불을 든 대오는 수백 명에 달했다.

"자, 이제 1차 목표는 달성했으니 악덕배들의 가옥을 불지르기로 합시다!"

"나쁜 놈들의 집을 쳐부수자!"

군중들은 우선 진주목에서 도결을 결정할 때 참여

한 훈장 이윤서의 집부터 처단하기로 하고 몰려갔다. 농민들은 덕천강변을 따라 여러 면리를 거치면서 그곳 부호들의 집을 불사르거나 공격하고 항쟁을 반대하는 사람들을 구타했다. 다음날이 밝아오자 군중들은 횃불을 들고 진주성 서쪽 오리 지점까지 나아가서 진을 쳤다. 농민들의 반란에 놀란 진주목사는 겁에 질려 스스로 협상에 나서지 못하고 농민지도층인 이계열과 같은 집안의 사족인 이명윤을 내세워 대화를 모색했다. 농민들은 목사에게 도결철폐를 보장하는 완문의 작성을 강요했다.

"목사는 도결을 철폐한다는 약속을 하시오. 그렇지 않으면 관아도 불지르고 목사의 가족들도 무사하지 못할 것이오."

"목사는 사죄하라!"

"목사는 도결을 철폐하라!"

군중들이 몰려들어 포효의 소리를 지르자 진주목사는 다급한 상황에서 이명윤에게 도결철폐를 약속할 테니 집단시위를 멈추고 해산하라고 조건을 단다. 하지만 농민들의 의견을 모아 이계열은 이명윤에게 먼저 목사가 도결철폐를 약속하는 완문을 내놓아야 군중들의 분노를 진정시킬 수 있다고 설득한다.

"수백 명의 분노의 소리를 들었는가? 군중들의 뜻을 가감 없이 목사에게 전해주시오."

"목사는 완문을 써줄 테니 그 대신 군중들의 해산을 요구하고 있소. 그렇지 않으면 중앙에 서신을 넣어 관군을 요구하겠다는 뜻이오."

"우선 군중들의 노여움을 풀고 나서 그 다음 방안을 논의합시다."

결국 진주목사는 완문을 적어서 이명윤 편에 제시했다. 군중들은 진주성에서 병영으로 몰려갔다. 농민들은 병사를 하루 동안 감금하고 통환의 철폐를 요구했다. 겁에 질린 병사는 어떻게 행동해야 할지 몰라서 쩔쩔 매고 있었다. 누군가를 속죄양으로 삼아야 하는 상황이었다.

"너희들은 바로 김희순을 결박하여 끌어오너라."

군사들은 바로 병영의 서리로 오랫동안 근무한 김희순을 잡아들였다. 겁에 질린 김희순은 연신 자신은 잘못이 없다고 주절거린다.

"지금 농민들의 분노가 하늘을 찌르고 있다. 김희순, 너는 왜 탐욕스런 마음을 감추지 못하고 병영을 어렵게 만들어 놓았느냐? 이실직고하라!"

"저는 죄가 없습니다. 관례대로 법을 적용해서 환곡을 거둬들였을 뿐입니다."

"거짓말 하지 말아라. 농민들의 원성과 분노의 소리를 들어보아라. 너와 친인척이 배를 불리는 동안에 수많은 인근마을 농노들과 초군들은 배를 곯고 굶주림에 허덕였느니라."

"병사어른, 어찌 저에게만 가혹하게 죄를 뒤집어씌우려 드십니까? 저 혼자만이 부패한 것이 아니고 이서계층 모두와 관장들이 공범이라고 할 수 있습니다."

"이 놈이 자신의 죄를 인정하지 않고 상관에게 죄를 덮어씌우려고 하느냐? 고이한 놈이로구나. 저놈을 묶어서 장터로 끌고나가 많은 사람들이 보는 앞에서 일벌백계 차원에서 효수형에 처하거라."

김희순은 끌려 나가면서도 억울하다고 되뇌인다. 병사는 포흠서리 김희순을 즉석에서 처형하여 군중들의 기세를 누그러뜨리려고 노력했다. 하지만 군중들은 이러한 병사의 행동을 신뢰하지 않았다. 병영의 영장까지 사로잡아 구금했으나 통환에는 관계하지 않았다고 호소하자 풀어주고는 모두들 다음날 아침 읍내의 대안리 객사 앞 장터로 몰려가서 시위를 계속했다. 항쟁지휘부는 농민들의 강경한 분위기가 가라앉을 때까지 병사를 포박하여 옥에 감금하였다. 처음에는 작은 불씨가 관아와 병영을 거치면서 큰 불로 번져나가 활활 타오르고 있었다. 군중들도 초기에는 수백 명에 그쳤으나 이제 수천 명으로 불어났다. 군중심리라는 것은 무서운 것이었다. 모두들 진주목으로 몰려나갔다.

"목사를 끌어내라."

"목사를 효수형에 처하라!"

군중들의 요구는 점차 더 거세졌다.

항쟁지휘부도 강경한 반응에 허둥거렸다. 진주목사를 처단한다면 한양에서 관군이 몰려 내려올 것이 뻔했다. 오합지졸에 불과한 농민군이 과연 잘 조련된 관군과 대적할 수 있을지 걱정스러웠다. 하지만 고삐가 풀린 망아지는 앞으로만 돌진했다.

"동헌에서 목사부터 끌어내십시오! 빨리 오랏줄로 묶으시오!"

"잠시만 협의할 시간을 주시오! 목사를 끌어내기는 쉽지만 그 다음 후폭풍에 대비해야 하오."

"안되오. 바로 끌어내시오!"

"뭐하는 짓이오. 왜 꾸물거리는 거요?"

항쟁지휘부도 뒤뚱거리면서 망연자실했다. 하지만 대세에 몸을 던지기로 결정했다. 이계열은 앞으로 나서서 명령을 내렸다.

"목사를 끌어내어 무릎을 꿇게 하고 치죄를 하라."

목사는 끌려나오면서도 큰 소리를 질렀다.

"고이한 놈들, 너희들이 지방관장에게 수모를 주고 용서를 받을 것 같으냐? 곧 중앙에서 관군이 밀려와서 너희들 모두의 목을 벨 것이다. 두고 봐라."

이계열은 앞으로 나서서 군중들에게 감정을 억누르라고 설득을 한다. 이계열이 재삼재사 군중들 사이를 비집고 다니면서 자제를 부탁하자 군중들도 잠잠해지기 시작했다.

"여러분들, 못지않게, 나도 목사를 처단하고 싶소. 하지만 감정대로 행동하고 무질서하게 움직이면 농민군은 오합지졸이 되고 말 것이오"

"맞아요 우리의 지도자에게 힘을 실어주어야 해요!"

"아니오. 강경하게 맞서야 해요. 약해지면 죽습니다! 싸워야 합니다!"

군중들 사이에서 두 가지의 목소리가 들려왔다. 이계열은 목사를 병사와 함께 옥에 임시로 감금하라고 명령을 내린다. 항쟁지휘부의 의도대로 농민군은 움직여지지 않았다. 진주목을 공격한 후에는 이서계층의 가옥을 찾아내서 불을 지르고 그들 가족을 끌어내서 발길질을 하다가 살해를 하기 시작했다. 진주목의 이방과 호방을 찾아내서 가옥의 물품들을 약탈하고 집을 부수었다. 병영 이방 권준범도 체포하여 즉결처형을 했으며 마을 처녀들을 희롱하고 하인들을 괴롭히던 그 아들 만두도 잡아서 처단을 했다. 불은 점차 더욱 거세게 타올랐다.

"이제 수세를 가혹하게 부과한 경저리를 찾아내서 처단하라!"

"맞소 그 놈들을 잡아들여야 하오!"

"경저리뿐만이 아니오. 장터에서 폭리를 취하는 대상들도 처단해야 하오. 매점매석을 일삼는 큰 상점주인들을 잡아들이지 않고는 문제가 해결되지 않소!"

"맞소 그들을 찾아내시오."

경저리와 대상들이 살던 가옥들과 장터의 상점들이 모두 파괴되거나 방화에 의해 불타버렸다. 밤이 되자 사람들의 폭력성은 더욱 강하게 충동되었다. 한 마을의 부자촌이 모두 불타오르고 그 불은 산으로까지 번져 불길을 잡을 수 없을 정도였다.

초군 지휘부의 곽관옥과 용봉면의 이귀재도 흥이 나서 어깨가 들썩거렸고 엉덩이도 씰룩거렸다.

"우리가 바라던 세상이 곧 올 모양입네다."

"맞소 우리의 미래에 희망이 보입니다. 다만 앞으로의 문제는 농민군의 질서를 잡고 조련시켜 통제에 잘 따르도록 해야 한다는 점입니다."

"옳소 그렇지 않으면 걷잡을 수 없는 상태에 빠지고 말 것이외다."

"그래요 자발적으로 몽둥이 하나씩만 들고 나왔기 때문에 지휘체계가 약하고 조직성이 뒤떨어지는 것은 분명하오 하지만 열기가 뜨겁다는 것과 목숨을 바쳐서라도 후대에 잘못된 계급사회의 관습을 물려주지 않으려고 하는 열정만큼은 대단한 상태라는 것이라오. 그러니 앞으로 지도자가 나서서 제대로만 이끈다면 희망적일 것이오 미래는 밝아요!"

눈빛이 매섭고 예리한 이계열은 유계춘과 이명윤의 곁에서 많은 지식을 주워 들어서 그런지 상당한 논리성을 갖추고 있었다. 힘이 더욱 솟구치는 것은 생각보다 목사와 병사가 주도하는 관아와 병영이 허술하고 무기력하다는 것을 확인한 때문이었다. 한양의 중앙 정부와의 연계도 취약한 것으로 드러났다. 더욱 낙관적인 것은 농민들뿐만이 아니라 초군들이 떨쳐나섰다는 점이다. 초군은 생각보다 조직적으로 움직였으며 공격적으로 활동하여서 군중들에게 통쾌하다는 느낌을 주고 있다. 그만큼 그들의 생활이 곤궁하고 앞으로의 생계수단이 막막하다는 것을 말해준다.

항쟁이 시작된 지 한 달여가 되었어도 농민군의 주력부대는 단단한 대오를 유지하고 있었다. 즐거운 것은 주변 마을 사람들이 이들에게 주먹밥과 김치도 내어오고 숙소를 제공하고 요구를 관철시켜야 한다고 다짐도 한다는 사실이다. 참으로 아름다운 모습이다. 인간답게 살아보려고 하는 민심이 움직이고 있다. 정겨운 마을사람들이 손에 손잡고 따뜻한 밥을 함께 먹는다는 것이 얼마나 아름다운가? 하지만 탐욕스러운 이서계층과 중앙 세도정치의 권력들이 그들의 행복을 가로막고 있다.

"나가자. 때려 부수어야 한다."

"맞소. 모두들 대오를 유지하고 장터로 밀고 갑시다!"

"우선 세도를 부리며 가난한 농민들의 피를 빨아먹는 양반권세가들의 집을 부수고 창고의 곡식을 꺼내서 가난한 민가에 나눠주어야 해요."

"그렇소! 양반인데다가 노비들의 등골을 휘게 하는 부호들을 공격합시다!"

"양반만이 아니요. 사찰도 쳐부수어야 해요. 승려를 수백 명씩이나 두면서 산지의 채초도 금지하고 토지의 환곡분배도 면제 받는 특권을 누리는 옥천사를 때려 부수어야 합니다!"

"우병영의 영장을 처단해야 합니다. 그의 부패와 횡령은 더 이상 보고 있을 수 없습니다. 정영장을 즉결처형합시다."

농민군은 진주의 동남쪽으로 몰려들었다. 소촌역은 읍치에서 동남으로 24리 정도 떨어져 있었으나 교통의 요충지였다. 이곳은 중앙에서 파견된 관리인 찰방이 직접 관할하는 것이었다. 수천 명의 군중들이 몰려가서 아사(衙舍)를 둘러싸고 시위를 벌였다. 결국 찰방은 달려 나와서 농민들의 요구사항을 경청하고 문제점을 시정하겠다고 약속을 했다. 찰방은 커다란 비리가 없어서 지휘부는 그를 풀어주었다. 그러나 대여촌 남성동의 양반부호인 성석주와 개천면 청강의 생원 최운의 집은 공격을 받아 모두 불살라졌으며 주인들은 밤새 도망을 갔다. 다른 지역의 정영장과 남강원 주사도 처형을 당했다. 옥천사는 농민들이 쳐들어온다는 얘기를 미리 듣고 사람을 보내 쌀 62섬, 짚신 50죽, 남초 50파를 보내면서 농민들이 절에서 유숙하라고 호의를 베풀었다. 그래서 공격을 간신히 면하게 된다. 이제 겨울의 한파는 물러가고 노오란 버들강아지가 피는 봄이 왔다. 동상이 걸리고 추위에 떨던 농민과 초군들의 마음에도 훈풍이 불었다. 하지만 아직 중앙정부에서 환곡의 문란을 혁파하겠다는 소식은 들려오지 않았다. 일단 동남방향의 경계에서 해산을 결정했던 농민군의 지휘부는 3월 중순에 다시 진주성 내에서 집결하기로 결정했다.

"여러분, 이렇게 많은 군중들이 모인 것을 본 적이 있소?"

"우리도 참을 만큼 참았소이다. 아직 문제해결에 대한 확답을 주지 않고 있소이다. 다시 행동을 해야 할 것으로 생각되오.”

"이제 피를 흘려야 할 때로 보입니다. 모두들 사즉
생, 생즉사의 자세로 나갑시다!”

"진주목사는 우리의 지휘부를 와해시키려고 유계춘
두령을 비롯해서 상당수의 사람들을 잡아갔소이다.
그렇다고 우리가 위축될 것으로 판단했다면 단순한
사람들이오. 우리는 통환을 혁파할 때까지 무기한으
로 투쟁할 것이오!”

"환곡을 철폐하라. 우리도 사람답게 살게 해 달라!”

"노비제도를 없애라. 농민들을 괴롭히는 아전들을
축출하라!”

밤이 되자 햇불시위는 더욱 빛을 발했다. 진주성과
남강을 둘러싼 햇불의 불빛은 남강의 초록빛 강물에
반사되어 화려한 색채를 발했다. 햇불을 치켜세운 농
민들의 가슴에도 불빛은 타올랐다. 소망의 불빛은 확
신의 불빛으로 군중들 사이로 전파되었다. 농민들의
요구조건은 한글문서로도 작성되어 진주목사에게 전
달되었다. 한양에서는 안핵사를 파견하고 목사와 병
사를 갈아치웠다. 하지만 회유와 탄압을 병행하였다.
여러 군에서 병사를 모아 수천 명의 군졸들이 수만

명의 농민군에 맞서고 있었다. 농민군의 선두에는 이
계열과 초군의 우두머리인 귀대 그리고 청년장사 정
동이 말을 타고 서 있었다. 그들의 손에는 긴 창과 칼
이 들려 있었다. 마을의 장인인 대장장이들이 수개월
에 걸쳐 제작한 보검이었다. 말의 경우는 말을 키우는
농민들이 제공한 것이었다. 칼과 창을 들고 말의 안장
위에 앉은 그들에게 병사와 군졸은 작게만 보였다.

"햇불시위를 거두고 모두들 해산하라. 그러면 관용
을 베풀 것이다. 그렇지 않고 시위를 계속하면 우병영
의 모든 군사를 징집하여 공격을 감행하여 너희들 지
휘부의 목을 벨 것이다."

"아니 그따위 협박에 주눅이 들 것 같소? 우리는
생존을 위해 목숨을 걸었소이다. 마지막 한 명이 남을
때까지 투쟁할 것이오."

"임금이 파견한 안핵사가 선두에 서서 너희들 지휘
부와 대화를 할 것이고, 요구사항을 듣고 문제를 해결
하기 위해 노력할 것이다. 그러니 우선 해산을 결정하
라!"

정동은 무술을 익힌 초군과 농민군의 정예병을 뽑
아 선발대로 관군을 향해 나아갔다. 창과 방패로 무장

한 관군들과 초군복장에 짚세기를 신고 죽창과 몽둥이를 든 농민군은 상대가 되지 않을 것으로 보였다. 하지만 횃불을 치켜들며 소리를 외쳐대는 농민군의 사기만큼은 하늘을 찌를 듯했다. 정동은 청룡도를 휘두르며 선봉에 서서 관군의 앞 선을 쳐들어갔다. 군졸들 몇몇의 목이 날아갔다. 솟구치는 핏줄기를 본 군졸들은 뒤로 도망가기 바빴다. 정동은 수십 명의 군졸들에게 칼을 휘두른 후 다시 자신의 농민군 주력부대로 돌아왔다.

"살고 싶거든, 모두들 물러서라! 목이 날아가는 것이 눈에 보이지 않느냐? 같은 신세가 되기 전에 물러서라!"

"정말로 관군과 싸움을 벌이려고 하느냐? 관군을 공격하면 어떻게 되는지 잘 모르느냐? 너희들은 모두 체포되어 효수형에 처해질 것이다."

"웃기는 소리 그만하고 덤벼라! 모두의 목을 베어 줄테니……"

"저 친구는 누구야? 신출기묘한데…… 칼도 잘 쓰지만 행동이 매우 빠른 것이 물 찬 제비 같군."

관군은 서로들 얘기만 나눌 뿐 선뜻 앞으로 나서서

대적하는 자가 없다. 영장으로 있는 김달식이 나서서 맞서라고 채근하지만 서로 몸만 움츠릴 뿐이다. 그 때 한 장수가 창을 휘두르며 달려 나간다.

"젊은 청년, 네 놈의 이름이 무엇이냐? 젓 비린내도 아직 마르지 않은 놈이 제법이구나."

"금세 목이 달아날 놈이 말이 많구나. 네 놈 이름은 무엇이냐? 그래 통성명을 해보아라. 그래야 저승사자가 어디로 보낼지 판별할 것이 아니냐?"

"어린애가 하룻강아지 범 무서운 줄 모르는구나! 무술 꽤나 배운 모양인데, 그런 솜씨로 정예화된 관군을 이길 수 있을 것 같으냐?"

"솜씨는 맞대어봐야 아는 법! 덤벼봐라. 한 칼에 목을 베어줄 터이니까."

서로 용호상박이다. 우병영에서 가장 창과 칼을 잘 쓴다는 장비달이 참다못해 달려나온 것이다. 두 사람이 칼과 창을 휘두르니 회오리바람이 부는 듯 쉑(~)하는 소리가 난다. 갑자기 땅에서 돌풍이 이는 듯 급한 기운이 감돈다.

"제법이군. 그냥 배운 솜씨가 아닌데."

"자네도 마찬가지야. 많은 단련을 거친 솜씨군. 자

이제부터 본격적으로 붙어보자."

두 사람의 칼과 창이 맞부딪치는 챙(~)하는 쇳소리가 난다. 정동이 칼을 휘두르며 몸을 휘듯이 낮추며 덤벼들자, 장비달은 창으로 수비를 하면서 다리로 상대방을 가격하려고 시도한다. 다시 정동이 몸을 하늘로 솟구치며 칼로 장비달의 정수리 부분을 노리며 급습을 한다. 급히 비달은 창으로 막아서며 발로 정동의 가슴을 냅다 찬다. 정동이 마당에 쓰러졌다가 반동으로 다시 솟구쳐 일어난다. 무려 수합을 치루었지만 승부가 쉽게 나지 않는다. 일순간 정동이 뒤로 돌아 칼로 창을 내리쳐 부러뜨려 버린다. 장비달은 토막 난 창을 버리고 맨 손으로 대응을 한다. 칼을 요리조리 피하다가 정동의 어깨 부분을 잡아 업어치기를 시도한다. 정동도 그 순간 칼을 땅에 떨어뜨리고 서로 맨 손으로 싸움을 계속한다. 쉽게 승부가 나지 않는다. 그 때 우병영의 병사가 "그쳐!"를 외치며 장비달을 뒤로 불러 세운다. 그리고 관군들에게 돌격을 명한다. 농민군과 관군 사이에 백병전이 일어난 것이다. 양 편 모두 상당한 희생자가 발생한다. 시체가 땅에 즐비하게 쌓여질 때쯤 관군은 뒤로 물러선다. 무기 수준에서는 앞서도 군사 숫자에서 압도적으로 밀린 군졸들이 밀리기 시작한 것이다.

"일단 재정비를 위해 후퇴를 한다."

"일시 후퇴!"

병사가 소리치자, 농민군은 와 아(~)하는 함성을 외치면서 돌진을 한다. 군졸들의 희생이 더욱 많아진다. 거의 패퇴하듯 관군은 물러서 도망을 간다. 너머 능선에서 남은 군졸 숫자를 헤아리니 수십 명에 지나지 않는다. 진주목사는 급히 인근 군에 도움을 청하는 파발을 보낸다. 한양에도 관군의 지원을 요청한다. 한심한 한양의 중앙정부는 어전회의를 한 후 근처 고을에서 군사를 징병하라는 통보를 한다. 세도정치에만 눈이 어둡지 긴급상황에 대한 대비책이 마련되어 있지 않았던 것이다. 사흘 후 다시 진주성을 사이에 두고 농민군은 관군과 대치를 한다. 그 사이 이웃고을에서 상당한 병졸이 도착하여 보강이 되었다. 정동은 다시 말을 타고 수십 명의 돌격대를 앞세우고 성문 안으로 진입을 시도한다. 사다리를 놓고 성벽을 기어 타는 시도도 병행한다. 하지만 서로 성벽을 사이에 두고 대치만 계속하지 쉽게 공략을 하지 못한다. 그 사이 농민군은 몇 개 면을 완전히 장악하고 자율행정을 펴기도 한다. 신임 진주목사는 중앙에서 내려온 안핵사와 함께 농민군의 대표와 협상을 병행한다.

"정부는 삼정청을 설치하고 조세개혁을 하겠다는 의사를 전해왔네. 어떤가? 정부를 믿고 해산을 명할 수는 없겠는가?"

"누차 약속을 지키지 않았어요. 우리가 물러가서 해산을 명하면 다시 주모자를 잡아들여 탄압을 시도하니 누가 해산을 명할 수 있겠어요?"

"이번에는 안핵사와 진주목이 함께 제안하는 것일세. 주모자를 처단하는 일을 하지 않을 걸세. 믿고 철수를 하는 것이 좋을 걸세. 며칠 후 지원군이 도착하면 자네들은 몰살을 당할 수 있어."

"구체적인 방안을 문서로 작성하여 전해주면 철수를 설득해 보겠소이다."

"정부는 조세제도의 골격을 유지하되, 환곡을 토지세로 바꾸겠다는 대안을 제시하고 있으니 참고 기다려보는 것이 어떠하겠는가?"

"알겠소이다. 우리들도 지방관아를 습격하고 양반 사대부들을 처단하는 것이 목적이 아니고 무리한 환곡정책을 개선하고 배를 곯지 않고 인간답게 살기 위한 방안을 마련해 달라는 요구입니다. 부패한 이서계층에게 교훈을 주기 위한 것도 출정 목적의 하나입니다. 충정을 이해해 주시기 바랍니다."

"자네들에게 개선책을 문서로 줄 터이니 일단 철수하고 해산을 설득해주게나."

진주목사와 병사는 급한 불을 끄는 데에만 급급했다. 자신들이 지배층인 양반사대부들과 향청을 설득할 수 있을 것인지에 대해서는 고민을 해보지 않았다. 막상 농민군이 철수하고 해산을 한 후 며칠 되지 않아 주모자를 색출하고 잡아들이기 시작했다. 농민들과 초군들은 속았다고 후회를 한다. 달포를 지나 초군들을 중심으로 다시 모여서 항쟁을 해야 한다는 한글문서가 돌기 시작했고 장터에 한글로 쓰여진 방이 붙었다. 산 속으로 도망을 갔던 정동은 다시 마을로 내려와서 농민군의 우두머리들을 은밀하게 만나기 시작했다. 또 많은 사람들을 옆 고을로 보내 사정을 이야기 하고 동참을 호소했다. 4월부터 농민항쟁은 다른 지역으로 번지기 시작했다. 5월쯤에는 경상도와 전라도, 충청도의 삼남지방 전역에서 항쟁에 불이 붙었다.

상주·개령·선산·함평·익산·공주 등지에서는 큰 규모의 농민항쟁이 일어났다. 항쟁의 불길은 거창, 함양지방을 거쳐 전라도의 익산·고산·금구·장수·영광에서 남해안의 강진·능주·장흥으로까지 확산되었다. 정동이 이끄는 농민군은 1만여 명으로 불어났고, 오죽전과 평가역촌을 거쳐 부호가를 불사르고 장터를 접수하여 항쟁을 지속했다. 50여 채의 가옥을 부수고 40여 채의 집에서 재물을 약탈했으며 대상인과 지주계층을 집중적으로 공격했다. 용봉, 가서의 군락지대를 사이에 두고 대치를 하던 관군은 우세한 무기로 공격을 해왔다. 여전히 열악한 죽창과 몽둥이로 무장한 농민군은 철저하게 대비하고 싸움에 나선 관군에게 밀리기 시작했다. 결국 말을 타고 선두에서 지휘하던 정동은 관군의 화살부대에 집중 공격을 받아 큰 부상을 당한다. 피를 흘리면서 서서히 죽어가는 청년 장사 정동의 안타까운 모습을 지켜보던 농민군은 오합지졸처럼 패퇴하여 도망가기 시작한다. 다행히 정동의 시체는 부하들인 초군무리에 의해 말에 태워져 산속으로 옮겨지게 된다.

　달래는 쏟아지는 눈물을 감출 수 없었다. 같은 마

을에서 자라나서 정동을 알게 되었지만 그가 단련을 위해 산속으로 갈 때도 멀리서 지켜보기만 했다. 어머니에게 자신의 마음의 일부를 보여주며 정동이 돌아오면 그를 따라 평생을 같이 하겠노라고 다짐을 했다. 산에서 하산한 정동을 만나게 된 달래는 기쁜 마음에 죽을 끓여 건강을 돌보라는 말을 전하며 대접한다.

"달래야. 너무 고맙구나."

"아니야. 얼른 먹고 기운을 차려 농민들의 희망이 되어 주기를 바래."

"너의 따뜻한 마음을 늦게야 알게 되었구나. 벌써 과년한 처녀가 되었구나. 그것을 이제야 알게 되었어."

"아니 부끄럽게 과년한 처녀라니."

"달래를 보니, 내 마음도 떨리는구나. 인적이 드문 산속에서 수련만 하던 나의 돌 같은 가슴도 따뜻한 봄기운에 빙벽에서 얼음이 녹듯이 무엇인가가 스며드는 기분이야."

"너두, 이제 어엿한 청년이 되었구나. 내가 너의 손을 한번 잡아보아도 될까?"

"물론이지. 옛다. 단단한 돌 같은 손은 잡아서 무얼

하게."

"아니 차가운 손도 녹여줄 수 있어. 여인네의 손은 화롯불에 달군 고구마나 감자처럼 체온을 전파하는 능력이 있어."

"달래야. 세상이 좋다면, 우리가 혼약을 맺고 오순 도순 아이를 낳으면서 살아갈 터인데, 그러지 못하니 안타까울 뿐이야."

"아니 그런 세상을 만들기 위해 니가 산에서 내려와서 길을 나선 것이 아니겠어? 용기를 잃지 말고 끝까지 밀고 나가."

"달래야. 내 마음을 이해해 줘서 고마워. 내 가슴 속에 너를 넣어두고 길을 떠나게 되어 큰 힘이 될 것이야."

"그래. 그렇게 생각해주니, 고마워. 너의 손이 정말로 따뜻해졌어. 신기하지 않아?"

"정말로 온기가 느껴지는 것 같아. 체온도 전달이 되는 것이구나."

달래는 한동안 말이 없이 정동의 어깨에 머리를 기대고 말없이 앉아 있다. 행복이란 것이 멀리 있는 것이 아니라 여인네의 가슴 속에서 물안개처럼 피어나는 것이구나 하는 생각이 들었다. 두 사람은 해가 어둑어둑질 때쯤 자리에서 일어서서 헤어졌다. 도당도 당 발걸음을 옮길 때마다 나는 소리는 정겨웠다. 영원을 생각했던 달래는 쏟아지는 눈물 속에서도 묵묵히 뒤돌아 걸어가던 정동의 든든한 어깨에 대한 회상으로 가슴이 아파온다.

"어떻게 하느님은 나에게 이렇게도 가혹하단 말이야. 작은 행복을 꿈꾸는 소녀에게 이러한 징벌을 줄 수 있단 말인가? 너무도 무심하시지? 정동아! 기다려, 새로운 세상에서 다시 만나자꾸나. 너무 슬프면 눈물도 마른다든가?"

정동은 피를 너무 많이 흘려 이미 숨을 거두었다. 정동의 시신을 작은 가슴에 보듬은 채 달래는 거의 실신할 정도로 하루 종일 울먹인다. 너울거리는 연잎에 떨어지는 빗방울 소리마냥 슬픔은 끝이 없다. 동네 남정네들의 도움으로 연못 근처 양지 바른 산중턱에 작은 봉분을 만들어 정동의 시신을 묻고 사흘 상을 치른 달래는 새벽녘에 물안개가 피어오르는 호수를 바라보며 신발을 가지런히 두고 물로 뛰어든다. 산속의 새들도 슬픔은 안다는 듯이 고요했다. 새들도 날아가버린 산 속의 연못은 많은 신화 속 이야기들을 쏟아냈다. 밤이 찾아오자 부엉이만이 서로의 이야기를 알아차린 듯 작은 소리를 낸다. 여전히 고요한 물속으로 두 사람의 환영은 잠긴 채 사라져간다. 회산방죽 백련 꽃보다 더 청초한 연잎은 다음 해 봄 연못에서 청초하게 피어오를 것이다.

〈3권에서 계속〉

장편대하소설

사랑의 향기 ❷

초판 1쇄 발행 • 2014년 6월 9일
2판 1쇄 발행 • 2014년 11월 7일
3판 2쇄 발행 • 2018년 9월 17일

저 자 / 박태상
발행인 / 박성복
발행처 / 도서출판 월인
서울특별시 강북구 노해로25길 61(수유2동 252-9)
등록 / 제6-0364호
등록일 / 1998년 5월 4일
전화 / (02) 912-5000
팩스 / (02) 900-5036
www.worin.net

ⓒ 박태상, 2014

ISBN 978-89-8477-567-1 04810
　　　978-89-8477-565-7 (세트)

값 13,000원

※ 잘못된 책은 구입하신 서점이나 본사에서 바꾸어 드립니다.